DE AMORES, PASIONES Y TRAICIONES

ExLibric

KARINA COLOPERA

DE AMORES, PASIONES Y TRAICIONES

EXLIBRIC

ANTEQUERA 2022

KARINA COLOPERA

DE AMORES, PASIONES Y TRAICIONES

Índice

AGRADECIMIENTO

«Porque en definitiva todos buscamos a alguien que nos ame y nos respete, que nos lleve de la mano, que esté orgulloso de ser nuestro compañero y que lo demuestre con hechos, que se preocupe si nos ve tristes y nos pregunte qué nos pasa, que se alegre si nos ve contentos, que nos lleve un café a la cama. No es mucho pedir, es apenas lo justo».

Gracias, Mattia, por tu amor y apoyo incondicional, por tu paciencia infinita y por ser mi más grande admirador.

Gracias por soportar mis noches de desvelo, en las cuales, según yo, me llega la tan ansiada inspiración.

Gracias por escucharme y por no responderme siempre, sino solamente cuando es necesario.

Gracias por tu sentido del humor, que tanta veces me contagia, y por apreciar el mío, a veces tan irónico y tan argentino.

Gracias por encontrar atractivas mis locuras y por divertirte conmigo sin tapujos ni ataduras.

Gracias por hacer menos pesados mis momentos duros y por dejarme ayudarte en los tuyos.

Gracias por ser parte de mi vida, enalteciendo las noches y los días.

Gracias por los licores en el sofá, las maratones de películas y las cenas gourmet hechas por tus manos.

Gracias por tocar siempre mi pierna cuando conduces el coche y asegurarte de ir más despacio si es de noche.

Gracias por tus buenos días y buenas noches.

Gracias por no ser el protagonista de ninguno de estos relatos.

Nota de la autora

Llovía y el día estaba gris, como mis pensamientos. Me puse a llorar de los nervios por un par de problemas que no podía resolver (llorar es liberador para mí). Entre esos problemas se encontraba una disminución de horas de trabajo y, por lo tanto, menos dinero, pero también más tiempo libre, así que me dije: «Este es el momento justo para dar rienda suelta al próximo libro».

No podía dejarme abatir por las circunstancias, pero sí podía, como siempre digo, transformar mi preocupación en algo positivo y productivo. Empecé a pensar en el amor. Sí, sí, el amor y todo lo que implica, recordando que me han definido desde niña como a una verdadera enamorada del amor.

Amar implica entrega y a veces renuncia; implica dar y recibir, ya sea mucho, poco, nada (comprenderán más adelante que algunas veces «nada» es «algo» y hasta «mucho»). Cada uno da lo que puede y tiene, porque no se puede dar lo que no se posee.

Amar implica soñar y proyectar, volar alto con los pies sobre la tierra, pero acariciando aquellas nubes que parecen inalcanzables. Amar implica reír y llorar en situaciones en las que a veces es necesario perdonar y alejarse, o quedarse para pedir perdón.

Se ama con pasión o sin ella, pero siempre con ilusión; por ello, amar también implica decepcionarse. Se ama con el corazón descubierto y por eso muchas veces termina herido. Se ama con egoísmo o con humildad, se ama con sabiduría y también por impulso. Se ama a una persona, a un animal, a un ideal. Se ama inevitablemente y aunque pase desapercibido, y lo hacen aun aquellos que no saben cómo hacerlo y simplemente se dejan llevar. Hay quienes eligen la forma equivocada de amar, amando con rencor o posesión, o quienes aman de forma diferente cada día, pero también hay quienes lo hacen en cada acto de su vida. ¿Quién no ha vivido el dolor de una traición, la pasión de un gran amor?

Comencé a revivir en mi mente muchas de las historias de amor que protagonicé o de las que fui testigo a lo largo de mi vida, o más bien diría a finales de los 80 y durante la década de los 90 hasta el cambio de siglo, y decidí plasmarlas por escrito. No necesariamente las que están narradas en primera persona son mías o las que están como narradora omnisciente no lo son. Es simplemente la forma que sentí en ese momento que sería la mejor para involucrar al lector y hacerlo sentir parte.

Y aquí estoy, dando vida a esta obra, tantas veces postergada, de algunas historias propias y otras contadas. La postergaba quizás porque no quería herir susceptibilidades de quien se reconozca en alguna letra. Pero, en definitiva, ya no importa. Como dicen por mis pagos: «A quien le quepa el poncho que se lo ponga». Y yo agrego: «Que se haga cargo también».

De cada amor que tuve tengo heridas,
heridas que no cierran y sangran todavía.
Error de haber querido ciegamente,
matando inútilmente la dicha de mis días.
Tarde me di cuenta que al final se vive igual fingiendo…
Tarde comprobé que mi ilusión se destrozó queriendo…
Pobre amor, que está sufriendo
la amargura más tenaz…

Tango *Tarde* (1947). Letra y música: José Canet.

Aunque casi todas las historias están basadas en hechos reales, los nombres de los personajes y algunos hechos han sido cambiados y cualquier parecido con la realidad es pura coincidencia (o no).

LOS AMANTES

«Te extrañé hasta desangrarme de nostalgia. Y todavía no sé si en verdad te extrañaba o extrañaba solo lo que imaginaba que pudo haber sido y no fue».

Este no es, en mi opinión, el mejor relato de este libro. Fue el primero que escribí y lo hice casi sin respirar. Salió fluido y espontáneo, sin control. Su historia es la historia de tantas y es lo que lo hace especial. Por eso no podía no estar aquí, encabezando.

Camila entró en el aula de la clase del Dr. Gandía corriendo como siempre, preocupada porque estaba llegando tarde, pero también pensando en su hija pequeña, que estaba al cuidado de su madre.

Camila trabajaba y estaba terminando la carrera de Administración de Empresas. Tenía un pacto con su madre, que le había dicho:

—Yo te cuido a la niña, pero termina los estudios este año, por favor.

Así que cada minuto contaba y había que aprovecharlo.

Lo vio por primera vez durante esa clase. No le impactó particularmente, pero reconoció que tenía un no sé qué que la atraía. Gastón no era muy alto ni muy guapo, pero tenía esa actitud de los ganadores, de los que nacieron para llevarse el mundo por delante.

No es que ella anduviera mirando hombres por toda la facultad. Además, estaba casada, aunque había algunos problemas en su matrimonio (o tal vez ella sola los tenía, porque su marido parecía no enterarse). Lamentablemente, no siempre ser dos significa ser pareja, ni ser pareja significa ser compañeros.

Camila estaba cansada de ocuparse siempre de todo y de sentir que al final parecía una madre soltera o divorciada, siempre sola con su hija, incluso cuando iban al parque o a hacer la compra.

Su marido era un buen tipo, pero demasiado cómodo y egoísta. Digamos que su prioridad era él mismo. Primero, terminar sus ejercicios de entrenamiento diario (era un deportista) y después, ayudar con la niña. Primero, terminar su café antes de que se enfriase y después, preguntarle a ella si necesitaba colaboración.

Y como si su infinita comodidad no fuera suficiente, Camila siempre tenía que escucharlo decir la misma frase:

—¿Necesitas ayuda? —Ayuda…

Y cada vez que esto ocurría, ella, apretando los labios, se preguntaba en qué siglo estaban y se decía a sí misma: «¡Dios mío! No entiendo por qué siempre se da por hecho que los niños y la casa son de exclusiva responsabilidad de la mujer. Claro, pobrecito, el hombre solo colabora y, encima, hay que agradecérselo». Eso verdaderamente la exasperaba.

Gastón también estaba casado y tenía una niña de la misma edad que la de Camila. Nunca estuvo enamorado de su esposa. La quería, claro, pero no la amaba. Estaban juntos desde la adolescencia en circunstancias un poco particulares. En aquel tiempo, la mamá de Gastón, que era viuda, había formado una nueva pareja que la presionó para cambiar de ciudad. Como Gastón no quería ir con ellos, los padres de su noviecita del cole se ofrecieron a alojarlo hasta que terminaran las clases para que él no tuviese que cambiar de escuela.

Lo que debería haber durado unos meses terminó durando años, y al final Gastón se casó con aquella noviecita un poco por costumbre y otro poco por gratitud.

Tanto Camila como Gastón querían mucho a sus parejas, pero ya no había pasión, y eran demasiado jóvenes para vivir sin ese maravilloso sentimiento que nos recarga de energía, nos llena de adrenalina y nos empuja a tener proyectos y ganas de seguir adelante cada día. Tal vez por esto es que fue casi inevitable que sus vidas se entrelazaran.

Fue en una nueva clase del Dr. Gandía que se sentaron juntos. No era la primera vez que compartían banco y que charlaban. Camila de pronto soltó una frase espontánea, tonta e infantil, pero que no pudo ni quiso contener. Fue, como normalmente se dice, algo así como pensar en voz alta:

—Qué bien te queda esa camisa.

Él sonrió y la charla fue tomando otro matiz. Para el final de la clase, no tenían muy claro cuál había sido el argumento de la misma, porque la verdad es que lo único que querían era salir del aula e ir a tomar un café para hablar fuera del contexto universitario. Les costó encontrar un bar tranquilo, porque era el día de San Valentín y todas las parejitas salían a festejar. Finalmente se sentaron en uno pequeño dentro de un paseo comercial algo alejado. Era íntimo, perfecto.

Nunca habían tenido la intención de traicionar a sus parejas, de convertirse en los infieles, pero en el mismo instante en el que atravesaron la puerta de salida del edificio en donde estudiaban, supieron que ya no había vuelta atrás. Se sintieron infieles ambos desde ese preciso momento, aun antes del beso que se dieron en el coche.

Gastón muchas veces la llevaba en su coche hasta la parada del autobús y aquella vez, después del café, no fue la excepción, aunque fue muy diferente. Estaban nerviosos, emocionados, excitados, asustados, ¡todo junto!

Se dieron un beso sin saber cómo iba a continuar todo. Por primera vez en sus vidas se estaban dejando llevar por un sentimiento que era tan fuerte y salvaje que hubieran querido hacer el amor en el asiento del coche. Esa pasión era lo que no tenían en sus matrimonios y fue la culpable de su traición.

Todo pasaba muy rápido y era complicado: las salidas programadas a escondidas, que había que organizar muy bien porque eran principios de los 90, sin mensajes de texto en los teléfonos móviles y, por lo tanto, un malentendido significaba también un desencuentro; disimular la casi evidente intimidad desbordante cuando estaban en las clases, ya que tenían muchos amigos dentro de la facultad, por lo que no era conveniente que los vieran demasiado en confianza. .

Los fines de semana no podían verse porque no iban a la facultad y no tenían excusa para sus encuentros, así que se les hacían eternos. Sin posibilidad de mensajearse, solo podían hacer alguna llamada furtiva hasta que por fin llegaba el lunes.

Durante la semana alternaban las clases con algún café, o una cena, o una salida más íntima en hoteles transitorios que siempre sentían poco dignos de su amor.

Camila nunca sabrá lo que Gastón sentía realmente, pero ella se enamoró con todo su corazón y empezó a sentir culpa de ese amor. Una culpa que la perseguía a diario y de la que ya había hablado con él. Se sentía en falta con su marido y hasta con su hija.

Decidió que iba a volver a hablar del tema con Gastón esa misma tarde en la facultad, pero esta vez para pedirle tomar una decisión respecto a cómo continuar, porque de esa forma ella ya no quería hacerlo.

De todos modos, ya había pensado en separarse de su marido. No concebía seguir en una relación sin amor y, obviamente, si había sido capaz de traicionarlo, era porque ya no lo amaba.

Para su sorpresa, esa tarde quien le pidió hablar apenas la vio fue Gastón. Había mucha gente por los pasillos de la facultad y no era un lugar tranquilo, así que decidieron salir y dar una vuelta con el coche. Pararon en un lugar alejado y algo oscuro y así, sin preámbulos, él dijo:

—Mira, no podemos seguir así. Yo no amo a mi mujer y tú no amas a tu marido. No tiene sentido ser infieles y vivir nuestro amor como vulgares amantes. Separémonos de ellos y vivamos nuestra relación libremente.

Ella sintió que el corazón se le salía del pecho, que era un hombre de verdad, de esos con todas las letras, y que lo amaba más que nunca. Estaba tan emocionada que no lo dejó terminar y lo interrumpió con la intención de decirle que ella pensaba exactamente como él, que había pensado en decírselo también. Por un instante pensó que era el inicio de una historia de amor de esas con las que una mujer siempre sueña, hasta que Gastón agregó:

—Pero, obviamente, una vez separados nos vamos a vivir juntos enseguida. Yo no tengo diecisiete años para hacer de noviecito. Yo quiero arreglar todo enseguida e incluso pedir la custodia de mi hija, blablablá…

Él siguió hablando, aunque Camila dejó de escuchar. Ni un minuto había durado aquel hombre ideal, que de pronto se había convertido en una especie de arrogante, egoísta y exigente como no lo había visto hasta ahora. ¿De qué hablaba? ¿Cómo que irse a vivir juntos enseguida? ¿Por qué quería la custodia de su hija? En definitiva, su esposa era una buena madre. ¿Qué clase de egoísta era él? ¿No pensaba en las niñas? Debían adaptarse a la situación, que sin duda les afectaría. ¿No pensaba en el resto de la familia? ¿Qué apuro había? Él y Camila se amaban, sí, pero tenían que conocerse y tiempo había de sobra, eran jóvenes y con una vida por delante.

Ella le manifestó todo lo que estaba pensando, tratando de disimular su decepción (había hecho conjeturas demasiado rápido y con expectativas demasiado altas).

Aunque parezca mentira, él, en cierto modo, esperaba esa reacción de parte de Camila. No se mostró tan sorprendido ni enfadado como supuestamente debería haber estado, sino todo lo contrario. Mostrándose comprensivo le dijo:

—Está bien, pero entonces dame un tiempo. No puedo separarme ya si no tengo la certeza de que, inmediatamente, vamos a vivir juntos. Entiendo tu postura, pero entonces hagamos todo con más calma, tomémonos unos meses y vamos resolviendo de a poco.

Camila estaba confundida. ¿Al final, entonces, él qué quería? Su reacción la hacía sentir aliviada, sí, pero también desconcertada.

Años después entendería que él la conocía mejor de lo que ella pensaba y que todo aquello había sido meticulosamente planeado. Él era un gran manipulador. Sabía desde el inicio que ella nunca hubiera aceptado que se fueran a vivir juntos enseguida y por eso se lo dijo, para manipular y controlar la situación. En realidad, nunca había tenido la intención de separarse.

La hora de la primera clase había pasado volando y decidieron no entrar a la próxima lección. Él la llevó como siempre a la parada del autobús y se despidieron con un beso que no tenía el sabor de siempre, sino uno un poco amargo, incierto.

Durante todo el viaje de regreso, ella lloró en silencio. Pensaba que era mejor desahogar su angustia antes de pasar a recoger a su hija, que estaba en casa de su madre. Es que su madre siempre se daba cuenta de todo; de hecho, ya estaba sospechando algo y se lo había preguntado:

—¿En qué andas? ¿Está todo bien? Te noto extraña… Las madres siempre intuyen.

¡Lo amaba tanto! No sabía cómo interpretar lo que acababa de pasar. No le había gustado esa forma arrogante y exigente con la que le había hablado, ni tampoco que se mostrara tan decidido para al final después retroceder y decirle que entonces no se separaría ahora, sino en unos meses y de a poco.

¿Cómo se separa uno de a poco? Será que Camila era muy determinante cuando se proponía algo, pero ese «en unos meses y de a poco» no lo entendía.

Se preguntaba si no hubiera sido mejor aceptar la propuesta de él, aunque le pareciera una locura; y entre pensamientos e hipótesis llegó a una sola y clara conclusión: se separaría. Más allá de cómo continuaría su historia con Gastón, ella se separaría.

Llegó a lo de su madre, recogió a su hija y se fueron juntas a su casa. A veces su marido pasaba a buscarla por la casa de su madre, pero ese día no, ese día él llegaba un poco más tarde del trabajo y habían acordado encontrarse directamente en la casa para cenar todos juntos.

Después de la cena y de que se durmiera la niña, ella le habló. No quería esperar un día más. Y sin pensarlo y como si las palabras se salieran solas de su boca le dijo todo:

—Me quiero separar. Te fui infiel, pero no es por eso por lo que me quiero separar, sino porque ya no te amo. Te engañé y lo siento, te lo juro, pero si lo hice es precisamente porque ya no te amo. No sirve como excusa, pero es la verdad.

Él estaba dolido, pero no sorprendido. A pesar de ser un tanto egoísta, era un buen tipo y no era estúpido, lo sospechaba desde hacía un tiempo. Camila era demasiado transparente para disimular sentimientos y su marido la veía enamorada últimamente y sabía muy bien que no era de él.

Camila se puso a llorar, pedía perdón y repetía que lo mejor era separarse. En ese momento su marido, uno de los tipos más tranquilos del mundo, se enfureció, la tomó por el cuello y literalmente la levantó y la puso contra la pared mientras la seguía sosteniendo por el cuello. Los pies de ella quedaron elevados a centímetros del suelo. Ella se sorprendió, pero no tuvo miedo en ningún momento. Le concedió esa reacción sabiendo que él jamás le haría daño. Y no se equivocó: después de un minuto, él la soltó y también lloró.

Los dos lloraban, pero pensando en la niña trataban de contenerse y de no gritar. Ella hubiera preferido verlo enfadado y no sufriendo de esa forma. Él le repetía una y otra vez:

—Tú, justo tú, la persona de la que menos uno lo esperaría, la mujer que siempre ha enarbolado la bandera de la fidelidad. ¿Justamente tú?

Se tomaba la cabeza y lloraba como un niño. Después empezó a culparse y a decir que era su culpa por haberla descuidado, por no ocuparse como era debido de ella y de la niña.

Cada palabra de él era como puñaladas para Camila, la hacía sentir el ser más horrible del planeta. Qué incoherente era todo. Sentirse horrible por haberse enamorado no suena lógico, pero en esas circunstancias lo era.

Después de un rato, él se calmó y fue al dormitorio. Volvió con un bolso con ropa y le dijo que se iba y que volvería por el resto de sus cosas el fin de semana. En definitiva, esa casa era de los padres de ella y casi todo lo que allí estaba también, así que era fácil la división de bienes.

Cuando él se fue, ella se quedó triste y llena de culpa, pero sintiendo un alivio enorme.

Gastón tomó la noticia como algo lógico, como si fuese lo que correspondía, aunque, por supuesto, solo por parte de Camila, ya que él necesitaba unos meses, como ya había dicho.

Y los meses pasaron y pasó un año que se hizo cuesta arriba para ella. No era fácil ser vista por toda la familia como la infiel que había destruido un matrimonio. A nadie se le ocurría pensar por lo que ella estaba pasando, lo que había sentido y soportado. A nadie le interesaba analizar las circunstancias por las que se llega a una infidelidad, o sentir un poco de empatía o compasión. No, claro que no. Era más fácil juzgar.

Además de aquellas miradas acusadoras de su familia, debía soportar también todas las desventajas de ser «la otra»: tenía que responder a las indirectas de su ex y lidiar con la economía, porque no es fácil para una mamá separada llevar adelante una casa cuando la cuota alimentaria es poca y el trabajo no alcanza.

Para Gastón, por el contrario, era todo fácil: él tenía su familia bien constituida frente a la sociedad, una buena situación económica y, cuando podía organizarse, hacía sus visitas a Camila y gozaba de los momentos que ella le brindaba como mujer enamorada que atesoraba y estiraba cada minuto que él, de sobra, le daba.

No era una situación justa ni pareja. Pero a veces el amor nos ciega, nos anestesia y solemos soportar injusticias en su nombre.

Cada vez que Camila le recordaba que el tiempo estaba pasando, él respondía enseguida reprochándole:

—Si hubieses aceptado mi propuesta aquella tarde en la facultad, ya estaríamos juntos. En cambio, ahora se ha complicado la situación con la niña, que empieza la escuela. Necesito tiempo, unos meses más.

Excusas, excusas y más excusas. Ella lo sabía muy bien, pero estaba tan enamorada que no le importaba y estaba convencida de que tarde o temprano él se iba a separar y estarían juntos y felices comiendo perdices.

Pasó otro año y ya iban dos siendo «la otra», y extrañamente todo se fue convirtiendo en normalidad. Las visitas de él a las corridas. A veces, con más tiempo, hasta cenaban o almorzaban juntos con la niña de ella, que pensaba que era un amigo que iba a estudiar para los últimos exámenes. Se habían retrasado un poco, pero al fin ese año terminarían la carrera. Camila estaba segura de que al terminar la facultad llegaría su momento y él le daría por fin la noticia de que se había separado.

Pero no. No solo no se fue de su casa, ¡sino que la estaba agrandando! Empezó a refaccionarla y se lo contaba a Camila, diciéndole que como la casa era de él, el día que se separara y su esposa se fuera todo les quedaría a ellos. Camila sabía que no era así, que toda la situación era absurda. Él no respetaba ni a ella ni a su esposa. Sin embargo, no podía zafarse, estaba como enmarañada en una relación que la denigraba convenciéndose de que eso era amor.

Y pasaron tres años. Él era un maestro para inventar excusas, tanto a una como a la otra, e increíblemente las dos se las bebían.

En ese tiempo, Camila y Gastón trabajaban cada uno de manera independiente, aunque Gastón estaba mucho mejor posicionado porque tenía un segundo trabajo dentro de un banco, y fue gracias a eso que consiguió varios clientes contables que hacía en sociedad con ella. A Camila este gesto le había devuelto en parte la confianza en él, porque iban juntos al banco, él le presentaba a sus colegas e incluso le presentó a su hermano. Todo esto le hizo creer que esos tres años no habían pasado en vano y que pronto se regularizaría su situación.

Cada tanto, viajaban juntos por trabajo y ella fingía que eran un matrimonio feliz, pero esos viajes no duraban más de tres días. Entonces había que volver a la realidad.

Y pasaron cuatro años, y fue por uno de aquellos viajes por lo que Camila abrió los ojos finalmente. Él estaba acostumbrado a que siempre las dos le creyeran todo, por lo que las subestimó demasiado. Planificó un nuevo viaje de trabajo, pero con menos cuidado que los anteriores. Su esposa sospechó y lo presionó, le pidió ir con él para que le demostrase que no iba nadie más. Él, cobarde, aceptó.

A Camila la llamó unos días antes para decirle que no era necesario que ella fuera, que el banco lo mandaba solo a él, pero Camila esta vez no le creyó y también lo presionó. Finalmente, Gastón tuvo que reconocer que su esposa lo acompañaría, aunque se excusó como siempre, diciendo que él no sabía nada porque el pasaje aéreo lo había comprado ella como para sorprenderlo… y más de las mismas mentiras.

Camila tenía su corazón destrozado, pero sobre todo su orgullo. Era increíble cómo él lograba siempre hacerla sentir tan insignificante. El mismo hombre que en algún momento la había hecho volar ahora la bajaba de un hondazo.

Gastón fue y volvió de ese viaje, pero se quedó poco tiempo. Resulta que el banco le había ofrecido un ascenso y un traslado por unos meses a la misma ciudad a la que iban tan seguido él y Camila.

Llamó a Camila varias veces, pero ella no quiso responderle los llamados ni preguntarle si se mudaría solo o con su esposa, porque ya no le interesaba. No quería saber nada de nada.

Poco después del traslado de Gastón, ella fue al banco, como siempre hacía, a cobrar unos trabajos que había terminado. La ponía nerviosa entrar y que todos la vieran. Los empleados del banco, entre los que se encontraba el hermano de Gastón, sabían muy bien la relación que ellos habían tenido. Tenía miedo de sentirse observada o juzgada como la ingenua amante, sobre todo porque no se lo merecía. En definitiva, su único pecado había sido entregar ciegamente su corazón.

Tomó coraje y entró. Se sorprendió al darse cuenta de que nadie la miraba mal, sino que, por el contrario, la saludaban amablemente. Una o dos personas le preguntaron si sabía lo del traslado de Gastón y que él por unos meses no estaría en esas oficinas. Los demás no tenían necesidad de preguntar nada. Es más, hubiesen estado en condiciones de responder a preguntas que, de todas formas, Camila no tenía intención de hacer. Era raro estar ahí sin él. Se sintió triste y angustiada. Ese era un contexto en donde ella había sido feliz y libre de vivir su relación.

Recorrió los pasillos hasta el despacho de la persona que solía hacer los pagos. Recordó las veces que lo había hecho junto a Gastón y la forma en la que ambos siempre sonreían. Llegó frente a la puerta de la secretaría, se despidió de sus pensamientos y saludó a la empleada. Sin salir de su asombro, descubrió que Gastón era tan poderoso en sus manipulaciones que ni siquiera estando lejos dejaba de perjudicarla.

Resultó que no le podían pagar si él antes no autorizaba dichos pagos. La empleada que tenía que entregarle el cheque (en aquella época se cobraba generalmente con cheques que recibías en mano, nada de cuentas online y transferencias) le dijo:

—Espero que me disculpe, pero no puedo pagarle. El señor Gastón dejó expresas instrucciones de que para recibir sus honorarios antes debe llamarlo a él y rendirle cuenta de lo actuado, y después será él mismo el que me dará la autorización para que le paguemos.

Ella comprendió todo inmediatamente. Era el último desesperado intento de manipulación de parte de él, que, sabiendo de su necesidad económica, pretendía sobornarla obligándola a llamarlo para poder cobrar sus honorarios.

Estaba segura de que incluso él había planificado todo desde el primer momento en el que le propuso ser socios con los trabajos del banco, solo con el fin de preparar el terreno y seguir teniendo el control de la relación si alguna vez ella lo dejaba.

Pero una vez más la había subestimado. Ella lo llamó, sí, para decirle que sería la última vez y que mejor le pagara hasta el último centavo si no quería que todos se enterasen de la verdad.

Fue en serio la última vez. Su dignidad valía más que cualquier trabajo. Después de aquel día, Camila rompió los vínculos laborales con el banco y siguió trabajando solo con sus clientes y también como profesora en la facultad, la misma en la que lo había conocido.

Le costó recuperarse. Después de varios años y un par de nuevos fracasos sentimentales cargados sobre los hombros, por fin encontró estabilidad con un hombre merecedor de su amor.

Se repetía continuamente que darse siempre otra oportunidad para amar vale la pena, la alegría y el esfuerzo. Vencer los miedos es posible.

No supo más de él hasta una vez que recibió un correo electrónico que decía: «Hoy se cumplen diecisiete años del día más feliz de mi vida». Reconoció enseguida que era de Gastón porque el correo tenía su nombre, pero se sorprendió muchísimo.

No sintió ningún sentimiento negativo y hasta le hizo un poco de gracia y sintió curiosidad, porque no recordaba qué podía haber pasado exactamente hacía diecisiete años.

Pensó y pensó hasta que advirtió qué día era: 14 de febrero. Habían pasado diecisiete años desde aquella clase en la que ella elogió su camisa. Hizo memoria y recordó incluso el nombre del profesor: Dr. Gandía. Y los recuerdos empezaron a agolparse en su mente. Recordó cuánto anduvieron hasta encontrar un barcito con una mesa libre, el beso en el coche…, todo.

Dicen que el tiempo cura todas las heridas, pero a lo mejor no es así. Cerró los ojos y trató de atesorar por un instante solo los bellos momentos, sin pensar en lo mentiroso y manipulador que él era, y luego le escribió con los ojos brillosos, con el corazón en la mano, pero nunca lo envió. Tal vez pensó que la indiferencia era la mejor respuesta o, al menos, la que él merecía.

Gastón:

Quiero pensar solo en los bellos momentos, me lo propongo y lo logro. Cierro los ojos y me acuerdo de aquel día en el que me dedicaste el tema «Wonderful Tonight».

Yo no sabía nada de inglés y apenas entendí el título. Eran los 90, no había buscadores rápidos en la red ni teníamos teléfonos con Internet. Llamé a una amiga que sí hablaba inglés y me tradujo la letra. Yo estaba feliz, no sé si tomaste conciencia de lo que habías provocado en mi corazón, que ya venía herido.

Es increíble cómo la música marca nuestras vidas y convierte en inmortales ciertos períodos. Esta canción tiene ese poder con nuestra relación. Cada vez que la escucho, no puedo evitar llorar de amor y de dolor, y no entiendo si esos sentimientos son reales o provocados por algún lejano recuerdo.

Siento tu perfume junto a cada acorde, revivo tu sonrisa seductora de aquel día en el que me entregaste el casete con el tema grabado. Todavía recuerdo la emoción que sentí cuando descubrí que JAF, el cantante argentino, cantaba la versión en español.

Hoy definiría a nuestra relación como romántica, pasional y musical. Siempre había un tema que la marcaba, como aquella vez que en el coche me dijiste que tenías algo importante para decirme y pusiste la versión de «No sé tú» de Luis Miguel.

Me pregunto si alguna vez me amaste de verdad. Si fue así, entonces quisiera saber en qué momento dejaste de hacerlo o si nunca lo hiciste. Tal vez simplemente no sabías cómo amar a una mujer que te estaba entregando el corazón, porque estabas demasiado acostumbrado a un amor mediocre y pobre.

Yo te amé, te creí, te sentí y te sufrí con cada fibra de mi ser. Te busqué durante años en cada ínfimo recuerdo que me permitía el poco tiempo que no ocupaba en sobrevivir. No sabes durante cuántos años esperé alguna señal tuya, no tienes idea de cómo me latía de fuerte el corazón cuando creía verte por la calle en algún rostro anónimo en el que, inconscientemente, siempre te buscaba.

Te extrañé hasta desangrarme de nostalgia. Y todavía no sé si en verdad te extrañaba o extrañaba solo lo que imaginaba que pudo haber sido y no fue. Y ahora te dejo, necesito volver entera de este viaje en el tiempo, y si sigo escribiendo es probable que destruya el pedacito de mí que tanto me costó salvar.

Camila

SIN ROSTROS NI FRONTERAS

«El vacío legal era importante, pero mucho más el vacío afectivo, ese vacío dejado por amigos y familia que te carcome y te roe los huesos».

*Deseo con todo mi corazón que algún día el ser hu-
mano juzgue menos y ame más.*

Conocí a Paula allá por el año 1977. Me parece mentira sentirme todavía joven y, sin embargo, poder contar cosas que pasaron hace más de cuarenta años.

Mi madre tenía un kiosco de golosinas y cigarrillos en la parte delantera de nuestra casa. Siempre se dijo que los cigarrillos no dejaban casi nada de ganancia, pero que eran el enganche ideal para los clientes.

Paula era uno de estos clientes «enganchados» que venían a comprar cigarrillos y se quedaban charlando. Era más grande que yo, en ese entonces tendría quince y yo diez.

Ella me veía como a una niña y, por ende, la receptora de sus confesiones era mi madre, no yo. A mí no me importaba; yo trataba siempre de espiar y escuchar algunas frases, que después transformaba en mi mente en historias un poco ciertas y un poco imaginadas.

La verdad es que yo admiraba a Paula. La veía grande, independiente, inteligente y con una belleza particular enfundada en su uniforme del colegio. Belleza que se veía disimulada por una cabellera siempre despeinada que la caracterizaba, siendo motivo de risas y tomadas de pelo.

De a poco, las visitas de Paula (sí, sí, digo visitas, porque más que clienta era una amiga) se fueron transformando en un rito prácticamente cotidiano y más de una vez mi madre la invitaba a pasar a casa y tomar un café.

Fuimos creciendo y empezamos a ser más compinches que antes. Ahora yo participaba en alguna de sus confesiones, historias y anécdotas, que parecían interminables. Ella tenía siempre algo para contarnos.

Crecimos más y la diferencia de edad ya no se notaba. Casi casi yo tenía la exclusividad de todos sus desahogos. Y no solo eso, buscábamos momentos para estar a solas y poder conversar sin mi madre presente.

Mi madre se daba cuenta de que las cosas habían cambiado y ahora Paula se sentía más afín conmigo que con ella, así que, para dejarnos nuestro espacio, a veces nos encomendaba tareas para que las hiciéramos juntas como, por ejemplo, doblar la ropa limpia o atender a algún cliente del kiosco mientras ella no estaba. Había una de esas tareas que realmente nos fastidiaba: doblar los calcetines.

Una tarde teníamos una pila enorme de calcetines para doblar, nos miramos y, con una complicidad única, fuimos capaces de leer nuestros pensamientos. Sin decir palabra, comenzamos a doblar varios calcetines juntos hasta formar bollos del tamaño de una pelota de tenis. Hicimos varios a gran velocidad y comenzamos a hacer una guerra de calcetines, lanzándolos por el aire y apuntando a nuestras cabezas. No parábamos de reír y divertirnos como dos chiquilinas, hasta que uno de los bollos dio de lleno contra la planta preferida de mi madre y rompió una de sus enormes y carnosas hojas. De pronto nos detuvimos y nos miramos: estábamos en problemas, a menos que se nos ocurriera algo antes de que volviese mi madre. Paula tomó una cinta de pegar transparente y ¡pegó la hoja! Parece algo ingenuo o tonto, pero resultó, al menos durante varios días, la solución perfecta.

Mi madre no lo notó hasta que un día, preocupada, nos dijo:

—Yo no sé qué le pasa a mi planta.

—¿Cuál? —dijimos nosotras a coro y poniendo cara de desentendidas.

—La grande que está en la sala, cerca de la puerta de entrada. Está preciosa, menos por una hoja que se está poniendo amarilla. ¡Qué raro!

—¡Ah, esa! —Se nos escapó una risita baja y aguda.

—Sí, esa… ¿Por qué? Mmm… ¿Qué pasó? Ustedes saben algo, lo sé…

Empezamos a reír a carcajadas, por lo que mi madre también se tentó de la risa y se dirigió corriendo hacia la planta, miró con atención ¡y vio la cinta de pegar! Seguía riéndose mientras nos lanzaba los cojines del sofá.

¡Qué hermosas épocas, cuánto nos divertíamos!

Pero hay algo que si Dios quiere y el universo es benigno no podemos evitar, y ello es seguir creciendo. Lamentablemente, cuando crecemos ya no nos divertimos tanto.

Aquellos juegos cómplices de grandotas chiquilinas fueron desapareciendo. Yo estaba terminando la escuela secundaria y Paula saltaba de un trabajo a otro. A veces porque tenía dos y otras porque los perdía.

Su personalidad entre rebelde y taciturna no ayudaba mucho, pero para mí ella era fantástica. A veces yo sufría al verla sufrir por algunos conflictos familiares que la aquejaban y me sentía impotente sin saber cómo ayudarla. Confieso que más de una vez la compadecía y no me parecía justo que tuviese que atravesar siempre tantas dificultades.

Aparecieron los primeros noviecitos para ambas, aunque la primera en hablar de matrimonio fue ella. Hoy lo pienso y me parece tan lejano e increíble que se quisiera casar con Esteban… Y no solo eso, ¡yo iba a ser la testigo de la ceremonia civil!

Parecían la parejita perfecta al principio, Esteban tenía una personalidad algo bohemia y encajaba con Paula, pero con el tiempo se veía que la cosa no andaba. Hasta que un día llega la predecible noticia de que se suspendían los planes de la boda porque se habían dejado.

Recuerdo que estábamos en la vieja cocina de la casa de mi madre, lugar que fue testigo ciego, sordo y mudo de todas nuestras dichas y desdichas, cuando nos escupió la noticia.

Mi madre, que tuvo siempre un sexto sentido especial para estos temas, le dijo:

—Pero ¿hay otro?

—No, no —respondió Paula con voz seca y segura.

Y no estaba mintiendo, no había otro, sino otra.

Así fue como entró en escena Sara. No pasó mucho tiempo hasta que se lo contó a mi madre y la verdad es que sentí celos de que mi madre lo hubiese sabido antes que yo, aunque a la vez me sorprendí gratamente de la reacción serena que tuvo, porque mi madre no se caracterizaba precisamente por entender este tipo de amor diferente.

Bueno, muchos no lo entendían. Hablamos de una Latinoamérica de finales de los 80 que intentaba adecuarse a algunos pasos adelante que parte de Europa ya había dado, pero sin demasiado éxito. En la mayoría de los países del mundo, la homosexualidad era un tema que se trataba entre chistes, mitos y tabús.

A mí no me sorprendió del todo, es más, casi me lo esperaba, no sé explicar bien por qué. Tal vez porque alguna vez fantaseé con nosotras en una relación más allá de la de amistad. Me hubiera gustado gustarle a Paula y no por ser yo homosexual, sino porque ella era tan genial y especial para mí que, por puro egoísmo, hubiera querido sentirme elegida.

Más allá de eso, no me hice el mínimo planteo, mucho menos pensar, como la mayoría de la gente hace, que ahora nuestra relación iba a cambiar porque supuestamente, si blanqueaba ante mí su preferencia sexual, yo podría creer que el mínimo contacto iba a tener un doble sentido. ¡Qué absurdo! Tan absurdo como los que creen que la amistad entre el hombre y la mujer es imposible, o como si se creyera que cada tipo que pasa por la calle y nos mira solo piensa en llevarnos a la cama.

Además, Paula era Paula. Era mi amiga, mi compañera de risas y aventuras, la hermana que no tenía. No me importaba nada más que su felicidad y no me iba a llenar de tontas hipótesis.

Lo que sí me ponía nerviosa era pensar en la próxima vez que la viera y cómo íbamos a reaccionar sabiendo ella que yo «ya lo sabía».

Al final me preocupé sin sentido. Cuando la vi no pasó nada diferente de lo que solía pasar, y cuando salió el tema empezamos a hablar de Sara en forma espontánea, como lo que era: su nueva novia. Así, de la forma natural que muchos no entendían, pero para nosotras era exactamente eso: natural.

En esta parte de la historia tengo algunos vacíos, porque al final la que se casó fui yo, y también me divorcié, tuve una hija y estaba terminando una carrera universitaria; así que sin querer me alejé un poco de Paula, y me enteraba de muchas cosas porque mi madre (que había vuelto a ser la receptora de sus penas y alegrías) me las contaba.

Me acuerdo, eso sí, de un breve período en el que fuimos juntas a la universidad, más o menos hasta que yo me quedé embarazada. En aquel tiempo conocí a Sara, lo cual me hizo sentir halagada, ya que era una relación bastante secreta, de la que Paula prefería no hablar. No por vergüenza, sino por discreción y para evitar problemas.

La gente suele ser obtusa y prejuiciosa y te lastima gratuitamente. Sobre todo lo hacen aquellos que menos deberían, aquellos de los que te esperarías amor y contención y, en cambio, te dan vuelta la cara con una bofetada de hipocresía.

Son pocos los momentos junto a Paula que recuerdo de aquella época en la que estuvo con Sara. Entre ellos hay algunos puntuales, como nuestros viajes en tren de camino a la facultad y nuestras charlas entre risas y gritos porque el tren siempre iba repleto.

Una tarde pasé a las corridas por la casa de mi madre a recoger a mi hija, que había quedado a su cuidado, y me lo dijo: Sara estaba enferma, tenía cáncer.

No quiero excusar mi poca participación en ese período, pero es que Paula era muy reservada y entre mi vida, que pasaba vertiginosa, y los silencios de ella, era difícil seguir el hilo de la situación. Aunque supongo que me hubiera necesitado más cerca. Sin querer, sin mala intención, me aparté un poco de escena, hasta un día en el que Paula me llamó para pedirme un favor.

Estaba triste e indignada por una situación que lamentablemente se repetía mucho en aquellos años: la soledad y la indiferencia con la que se encontraban las parejas homosexuales frente a la ley, las decisiones médicas, la familia y los amigos.

Era una época en la que, si bien todos sabían el vínculo de pareja existente, el mismo no tenía ningún peso real o legal para los médicos y, lo que es peor, para los familiares. El vacío legal era importante, pero mucho más el vacío afectivo, ese vacío dejado por amigos y familia que te carcome y te roe los huesos.

Acudí al llamado de Paula en medio de un panorama desolador, con una Sara que tenía un aspecto diferente al que recordaba, que me recibió en cama y con rasgos de claro cansancio y una Paula que, me dio la impresión, se sentía una intrusa en esa casa, como de prestado (no recuerdo bien, pero creo que era la casa de los padres de Sara).

En fin, mi misión era la de ser testigo de un testamento que, aunque no iba a ser válido ante la ley, Sara tenía la esperanza de que, si fuese necesario, tuviese algún peso frente a su familia a la hora de repartir sus bienes y que le dejasen su piso a Paula.

Hoy día estoy más curtida y actuaría de otra forma, pero por aquellos años era muy floja y cobarde para enfrentar este tipo de situaciones duras y fuertes. Lo hice solo por Paula, pero la verdad es que traté de borrar un poco de mi mente aquel episodio y recuerdo solo *flashes* de ese día. Así que no quiero hipotetizar sobre hechos que desconozco y casi no recuerdo. Solo puedo decir que Sara murió y a Paula nunca le interesó su piso. El testamento de aquel día lo conservé por años en un sobre cerrado tal cual como me lo habían entregado, con la consigna de custodiarlo y de dárselo a Paula si alguna vez lo solicitaba, pero nunca lo hizo y nunca más hablamos del tema.

Los 90 fueron años locos, no solo en lo personal tanto para mí como para Paula, sino también a nivel mundial. La tecnología estaba dando un giro enorme, sobre todo a nivel de las comunicaciones; por ejemplo, con los mensajes de texto, salas de chat, *beepers,* etc.

Yo nunca usé las salas de chat como las de Yahoo, pero a Paula le encantaban. Ella y mi madre me tomaban el pelo porque yo ni correo electrónico tenía. Antes estaba negada a esa parte de la tecnología, lo que hoy me parece increíble, porque la verdad es que no me imagino mi vida sin ella.

Lo cierto es que Paula usaba de seguido estas salas. A veces era complicado y se creaban malos entendidos, ya que eran varios los pasos a seguir hasta lograr un contacto real del otro lado del cable conductor. Por lo que me cuentan, primero se chateaba de forma general dentro de una sala con un tema en común y después de algunos pasos y requisitos podías intercambiar un correo personal con otra persona para seguir en contacto de forma independiente a la sala.

Un día Paula terminó chateando con alguien por error. En realidad había entrado a una sala porque le interesaba el tema que se estaba tratando. No era una sala de citas; sin embargo, y sin quererlo, conoció a quien conquistaría su corazón.

Después de varias idas y vueltas, volvieron a coincidir en una de las salas y se pasaron los correos. Se atrajeron desde el primer momento e hicieron un pacto: no mandarse fotos, conocerse más allá del aspecto físico.

Habían decidido que si se enamoraban de quien estuviera al otro lado del teclado, lo harían sin rostros ni fronteras. También pactaron que si después una de las dos decidía viajar, se verían por primera vez en el aeropuerto.

A los pocos meses, Paula nos contó que se iba del país y que por fin vería el rostro de Lucía. Mi madre y yo la veíamos tan feliz y entusiasmada que estábamos felices por ella, pero también preocupadas. No era como ahora, que las cosas se pueden averiguar fácilmente a través de las redes y perfiles personales. Ahí si te engañaban, te engañaban ¡y cómo! Así que continuamente le preguntábamos cosas como:

—¿Estás segura de que es quién dice ser? ¿Y si después no te gusta? ¿Y si se arrepiente y no tienes dinero para volver?

—No estoy segura de nada de todo eso y no me importa. Solo confío en que todo saldrá bien. Me voy —nos respondió.

Y se fue.

Recuerdo nuestras primeras conversaciones después de llegar al destino, en las que, muy contenta y para tranquilizarme, me decía que era todo cierto, que Lucía era un encanto y que la había esperado con un guardarropa completo, combinando también zapatos y bolsos. Me dijo que estaba feliz y entusiasmada, que incluso ¡se peinaba! Sí, sí, ella se peinaba. La eterna enemiga del peine, que se pasaba todo el día con el uniforme del colegio solo por pereza, ahora combinaba zapatos con bolsos y se peinaba.

No conocía a Lucía, pero si había conseguido esto era ya apreciada por mí. No porque sea siempre algo bueno cambiar a una persona, a veces lo es y a veces no, sino porque había logrado que Paula al menos intentase ordenar un poco su cabeza, empezando por la parte exterior.

Hace veinte años que Paula y Lucía están juntas. No fue fácil para ellas. Continuamente decimos que hemos evolucionado como sociedad, que aceptamos cosas que antes no aceptábamos, ¿pero realmente es así? Porque si realmente fuera así, las personas que se aman no deberían esconderse o disimular su amor, que es lo que les pasó a ellas. Durante los primeros años de relación, Paula y Lucía no podían vivir juntas, cosa que habían decidido muy a su pesar y con el único objetivo de preservar el trabajo de Lucía, que era un miembro importante de su localidad, en la que ejercía un cargo público. Y ciertas cosas no estaban bien vistas (¿estaban? ¿Han cambiado ahora?).

Con el tiempo se mudaron juntas a un lugar un poco más alejado y tranquilo que es su pequeño paraíso, en el que Paula se dedica a cuidar las hermosas plantas del jardín y a rescatar animales callejeros abandonados o heridos. Es increíble, pero, a pesar del paso del tiempo, todavía no han podido blanquear totalmente su relación. Me he preguntado muchas veces por qué nos cuesta aceptar como sociedad que se puede amar independientemente del género. Ellas habían decidido amarse más allá de sus rostros y fronteras, sin ni siquiera verse. ¿Acaso hubieran dejado de amarse si hubiesen descubierto después que una de las dos era un hombre?

En estos veinte años transcurridos desde que se fue, mi contacto con Paula fue fluctuando, oscilando. A veces nos hablamos todos los días, a veces pasan meses en los que una de las dos le «clava» el visto por WhatsApp a la otra y no responde, en ocasiones por culpa del cambio horario, a veces por pura fiaca y a veces solo porque sí.

Nunca me lo dijo directamente, pero me dio a entender más de una vez que todavía sufre de la indiferencia o incomprensión de quienes no lo hubiera esperado. Yo igualmente estoy contenta de que, a pesar de ello, por fin está feliz y despojada de aquella gente que no la merecía y siempre la hacía sentir como un pez fuera del agua.

¡Ah! A Lucía la conocí una vez que vinieron a visitarnos. Salimos las cuatro a pasear por la ciudad: Paula, Lucía, mi madre y yo. Lo pasamos tan bien que se me hizo tarde y me llamaron del colegio de mi hija porque me olvidé de ir a retirarla. Mi madre salió deprisa sin pensarlo dos veces y nos dijo:

—Voy yo a retirarla, sigan ustedes tranquilas.

Y las tres nos fuimos a tomar un vino al piso que habían alquilado para pasar esos días de vacaciones.

Yo las observé con atención y comprendí muchas cosas, entre ellas que ojalá todas las personas fueran capaces de construir una relación de amor y respeto como la de ellas. Lucía es realmente una persona deliciosa, y Paula… ¡Paula es Paula! Con toda la genialidad que solo quien la ama comprende. Volvió a enemistarse con el peine y cambió los zapatos por tenis, y a Lucía esto le encanta.

Algún lugar del mundo, diciembre de 2019

Hola, Paula:

No me acuerdo si te conté que me estoy mudando y, por ende, estoy haciendo limpieza de ropa y papeles viejos.

Encontré el testamento que me dieron aquel día que fui a ver a Sara. Nunca lo había abierto hasta hoy (no sé por qué lo hice). La cuestión es que me encontré con una carta de Sara para ti. Perdón, pero la leí. Creo que debes tenerla. Te la mando.

Un abrazo de tu cómplice en la guerra de los calcetines.

Abril de 1995

Pauli:

Siento tanto hacerte pasar por este momento. No te lo mereces, ni yo. Nadie se merece pasar por algo así. Siento que se juntaron mil cosas y que todas juntas complotaron en nuestra contra.

Nuestro amor casi prohibido, que nos vemos obligadas a vivir como si fuese vergonzoso; mi maldita enfermedad, que me consume de a poco; la indiferencia de algunos familiares y amigos y el dedo acusador de otros y, por si no fuera suficiente, la apatía de los médicos.

Me había imaginado otra vida para nosotras, otro final un poco menos desdichado. Mentiría si te dijera que no tengo miedo o bronca, porque tengo todo eso y más sentimientos.

Y, aunque parezca extraño, siento que, a pesar del inevitable desenlace al que me dirijo, hay mucho por agradecer. Principalmente tu permanencia a mi lado, tus cuidados desinteresados y tus miradas, que con tanta fuerza disimulan la tristeza.

Agradezco también por cada persona que se cruzó en nuestro camino dando una mano, aquella mano que nos negaron quienes por ley de vida deberían haberla brindado.

Te pido perdón por los errores cometidos, hice lo mejor que pude, y te «ordeno» que sigas adelante con la cabeza en alto, que seas siempre auténtica y fiel a tus convicciones y sentimientos.

Te prometo que, si es verdad que existe otra vida más allá y si es verdad también que las almas bondadosas se reencarnan, volveré en forma de algún animal herido al que podrás cuidar y salvar para luego dejar libre. Te prometo también que si es verdad que existen los ángeles y que a veces toman forma humana para cumplir alguna misión, yo te mandaré alguno.

Sara

COMO UN CUENTO DE HADAS

«Lo odió con todas las fuerzas de su corazón, ese mismo corazón con el que antes lo había amado».

¡Ella estaba tan feliz! No podía ser todo más perfecto. Guapa, inteligente, buena persona, estudiosa, familia respetable, un trabajo y ahora se iba a casar. Según los conceptos de nuestra sociedad (sobre todo hace más de treinta años), era la fórmula indiscutida de la felicidad.

La historia había empezado en la escuela secundaria. Roberto era más grande que ella, pero cursaba un año menos porque, por motivos familiares, había perdido dos años completos de clases. A ella le gustó desde el primer día en que lo vio. Eran tan jóvenes e inocentes que todo generaba un mar de emociones: el primer beso, las salidas, conocer a los padres de cada uno y finalmente hablar de matrimonio (claro, como se suponía que debía ser, como de estricto protocolo de antaño que las familias de ambos respetaban a rajatabla aunque estaban terminando los 80). Además, ella era una romántica empedernida y con un entusiasmo natural por todo lo que hacía que realmente contagiaba.

Durante los años que duró el noviazgo, pasaban juntos casi todo el tiempo. Ella no recuerda ni siquiera que hayan tenido una discusión. Algo que les gustaba mucho era pasar las tardes mirando películas alquiladas, a veces una y otra vez, y descubrir en cada nueva proyección detalles diferentes. Se olvidaban siempre de devolver los VHS y tenían que pagar el recargo cuando iban al videoclub con la fecha vencida.

También disfrutaban mucho de las salidas con amigos, eran siempre amenas y divertidas. Si se pudiera volver el tiempo atrás, seguro que ella estaría feliz de revivir alguno de esos momentos y volver a sentir esa despreocupada sensación de felicidad infinita que raramente (si no nunca) volvió a sentir. Ojo, no digo que no volvió a ser feliz, digo que esa sensación de felicidad ya no fue nunca más «despreocupada». Entiéndase por felicidad despreocupada aquella que nos deja ser y fluir sin preocupaciones de ningún tipo, sin pensar en las consecuencias y sin programar un después. Porque cuando la felicidad es sin preocupaciones nada importa más que ese sentimiento.

Otra cosa que les gustaba mucho era salir de compras. La familia de Roberto tenía en ese momento una buena posición económica y le hacía siempre a ella regalos bonitos y caros (al menos caros para su bolsillo, que era un poco más humilde).

La madre de Roberto tenía a dos personas que la ayudaban en la casa con la limpieza y la cocina, y cuando ella y Roberto pasaban allí las tardes venían atendidos como reyes, como dos niños malcriados de la alta sociedad (tal vez no era para tanto, pero comparado con el nivel medio del barrio en el que vivían realmente se sentían así). Nada hubiera hecho pensar el final tan absurdo que les esperaba.

Para cuando decidieron casarse, las familias ya se conocían. Las madres de ambos eran «consuegras amigas» y empezaron a organizar los preparativos y los detalles. Al igual, los padres de ambos manejaban la parte económica.

Ella, con tan solo diecinueve años, ya había terminado la escuela secundaria, cursaba el primer año de universidad y trabajaba, pero, según la ley de entonces, no podía casarse sin el consentimiento de sus padres. Él, en cambio, todavía mantenido por sus padres, sí que podía porque ya tenía veintiuno. Esas cosas absurdas de la sociedad civilizada.

¡Los preparativos de la boda fueron magníficos! Aunque también llenos de tensión y nerviosismo. Todo era emocionante: elegir el salón, el vestido, las invitaciones, la iglesia, la ropa para la ceremonia civil.

Ella, bonita y con una juventud casi impertinente. Él, un seductor nato con una sonrisa a veces medio inclinada y con un cigarrillo entre los labios, como un actor de película en blanco y negro.

Llegó el día y, sí, era como un cuento de hadas. Primero la ceremonia civil. Ella tenía un vestido minifalda y una capelina, como diva de televisión. Hasta el juez del registro civil hizo el comentario de lo jóvenes y bellos que eran (como si estos dos tortolitos tuvieran alguna especie de superpoder garantizado por la cara bonita). Fue todo increíblemente ideal. Después de la ceremonia, selló el día un almuerzo en la casa de los padres de ella, en el parque trasero de la casa. Ese parque era el lugar de reunión por excelencia y el orgullo de la familia. Siempre lleno de flores, bien cuidado, con una piscina y la infaltable parrilla para los asados. La verdad es que siempre se pasaba muy bien en los asados de la familia de ella, nunca faltaban el buen comer y beber ni las largas charlas entre amigos y familia.

Terminado el almuerzo, que se extendió hasta largas horas de la tarde, todos decidieron volver a sus casas para ir a dormir temprano y así estar listos y descansados para la ceremonia de la iglesia al otro día.

Cumpliendo con la norma ceremonial, él llegó primero al altar, se ubicó en el lugar que le indicaron para esperarla y, cuentan por ahí, le pidió a su futura suegra que ajustara el chaleco de su elegante traje porque estaba flojo, pero a la suegra se le fue la mano y lo ajustó mucho justo en el momento en el que la flamante novia hacía su aparición. Y así lo dejó, sin casi poder respirar durante toda la ceremonia. Nunca sabremos si durante el tiempo que el cura habló él lloraba de emoción o de dolor.

Ella venía en un coche antiguo, con su padre y una de sus primas, que la ayudaba con el vestido y el maquillaje. Entró del brazo de su amado padre, tal cual indica la tradición, y en ese momento sintió que su vida iba a cambiar para siempre (y así fue, pero no como ella lo había imaginado). Su corazón latía tan fuerte que se podía oír y se confundía con los acordes de la música de fondo que acompañaba su ingreso.

Ceremonia, fiesta, todo perfecto. La gente invitada estaba feliz, los novios estaban felices, todos se divertían y la fiesta duró hasta pasadas las cuatro de la madrugada. Eran tan jóvenes, tan puros, tan inocentes.

A la mañana siguiente, en el hotel en donde pasaron la noche de bodas, pidieron para el desayuno leche chocolatada. Es algo que puede dar risa, pero a la vez ternura.

Y ni hablar del viaje de bodas. Era diciembre, por lo que pasaron Navidad estando de luna de miel y el 24 se pusieron a llorar porque extrañaban a la familia. Dos chiquilines adorables.

Apenas regresaron, Roberto se puso a trabajar. Un buen trabajo conseguido por su padre. Ella seguía con la universidad y su trabajo de secretaria y algunas cosillas en casa, como ayudar a los niños del barrio con las tareas del cole.

Su vida de casados no transcurría muy diferente a lo que fue su noviazgo. Trabajo y estudio durante la semana, salidas con amigos y visitas a los familiares todos los fines de semana. Era una rutina agradable.

Un par de veces hablaron de tener hijos, pero no inmediatamente, aunque el deseo estaba. Tanto es así que un día Roberto se fue en la bici a retirar una sorpresa, así le dijo. Ella lo esperaba en la puerta de la casa mientras regaba las plantas y lo vio venir, distinguiendo a lo lejos que traía algo en el canasto de la bicicleta. Ese algo era redondo y peludo, tenía la lengua fuera y las orejas hacia atrás por el viento.

Aquel cachorrito se convirtió en el bebé de la casa y de ella, por supuesto, que se enamoró perdidamente apenas lo vio.

La casa en la que vivían se las había regalado el papá de Roberto con la siguiente promesa:

—Cuando sea el segundo aniversario de bodas, la pondré a nombre de los dos.

Ya pueden ir imaginando, porque ella nunca fue propietaria de esa casa. Nunca hubo un segundo aniversario. Nunca hubo casi nada de lo que ella esperaba.

En realidad, no hubo ni siquiera un primer aniversario. No es broma, no. No lo hubo. A los diez meses exactos de la ceremonia religiosa que coronara aquel cuento de hadas, Roberto le dijo a ella que quería separarse. La verdad es que ella algo raro venía notando, pero no pensaba que fuese para tanto. Y, presa de un ataque de ira, no hacía más que preguntarle casi a gritos:

—¡¿Por qué?! ¡¿Por qué?! Hubiera preferido que anulases todo un día antes si no estabas seguro, pero ¡¿por qué ahora?! ¡¿Por qué llegar a este punto?!

Decir que Roberto dijo al inicio la típica y temida frase («no es tu culpa, sino mía) sería demasiado obvio. Pero la dijo… La dijo…

Y agregó:

—Unos días antes de nuestro matrimonio tuve miedo y les pregunté a mis amigos qué debía hacer. Yo quería suspender todo porque sentía que no te amaba, al menos no como para dar ese paso, pero ellos me dijeron que era una locura, que no podía no casarme con una mujer perfecta: linda, buena y que me amaba.

Perfecta, linda, buena, que lo amaba… Solo esas palabras le resonaban a ella en su cabeza. Y se las repetía una y mil veces como un disco rayado: Perfecta, linda, buena, que lo amaba… ¡Ja! ¿Y este era el pago por tantas virtudes?

Todo eso fue el principio de que empezara a creerse que no era merecedora de ser amada, sensación que la perseguiría por años y la haría dudar incluso de sus más profundas convicciones, provocándole en el futuro varios fracasos amorosos. Tuvo que trabajar mucho a través de los años para revertir esta especie de maldición que parecía no dejarla ser feliz.

Después de aquellas palabras de Roberto, ella fue determinante, ni una oportunidad le iba a dar. Su corazón estaba destrozado absolutamente y sintió que nunca más se iba a recomponer. Lo odió. Lo odió con todas las fuerzas de su corazón, ese mismo corazón con el que antes lo había amado. Así, sin término medio, sin lugar para una negociación. Tajante, extremista.

Se fue a dormir a la otra habitación, gritándole que se iría y que se llevaría sus cosas, lo que justamente le correspondía, y al perro.

Vaya a saber a qué cosas pensó Roberto que ella se refería cuando dijo «sus cosas». Vaya uno a saber… Seguramente, no imaginó lo que en realidad ella consideraba sus cosas. Porque ella solía ser muy literal.

Y después de un frustrado intento de reconciliación de parte del padre de él, decidieron que la separación era definitiva. Entonces ella cometió una locura de película. Y sí, se sentía con todo el derecho. ¿Acaso la historia no había sido digna de un cuento de hadas o de una novela de Corín Tellado? ¿Por qué no darle entonces un final de película o de culebrón?

Contrató un flete de mudanzas sin previo aviso ni notificación a Roberto y empezó a cargar «sus cosas». Ella siempre cumplía sus promesas; lo había prometido y ahora lo cumplía. Embaló y cargó primero ropa, libros, efectos personales, y luego «lo que justamente le correspondía», tomando los regalos que sus amigos o familiares le habían hecho, pero de la forma más absurda (aunque justa). Había una enorme y cara mesa de comedor, de roble, que le había regalado su madrina, pero el vidrio que la cubría lo había comprado el papá de Roberto, así que ella dejó el vidrio y las sillas (que también había comprado su suegro) y se llevó la mesa. Y así siguió.

Cabe aclarar que la mayoría de los muebles habían sido regalados por amigos o familiares de ella, así que es de imaginar el panorama con el que se encontró Roberto cuando volvió del trabajo, empezando por un perfecto círculo de sillas sin nada en el medio, una cocina desdibujada y medio desnuda, una televisión en un rincón del suelo en donde se veía claramente la marca dejada por las patas del sofá y, sobre todo, un silencio de muerte que le heló la sangre un instante. No imaginó que ella se iría sin despedirse, sin decírselo siquiera. No imaginó tampoco que todo eso le dolería.

Ya con todo cargado en el camión y con el perro en brazos, ella entró por última vez a revisar si no se olvidaba nada y allí los vio: en un estante estaban en fila todos los muñequitos de madera que ella le había regalado durante el noviazgo y que él exhibía como una colección (había uno por cada *cumplemés*). Ella los miró por un instante y luego tomó un martillo y con mucha calma y precisión partió a cada uno en dos, para luego volver a armarlos como si no estuviesen rotos. Y en medio de esa disimulada carnicería de madera, se fue. Esa fue la última vez que ella estuvo en esa casa.

Se fue a la casa de sus padres, claro. Su madre ya sabía todo y su padre se lo imaginaba. Esa misma noche, después de que Roberto entrara a su casa semidesierta y les contara lo sucedido a sus padres, la llamaron por teléfono sus recientes excuñada y suegra para preguntarle por qué había roto los muñecos. No le preguntaron si estaba bien, ni cómo se sentía, sino por qué había roto esos estúpidos muñecos. La verdad es que no es importante lo que respondió, porque en el fondo ni ella lo sabía.

Años más tarde, una psicóloga le dijo una teoría muy interesante respecto al por qué de ese hecho. Le dijo que romper los muñecos era como dejarle a él, y a ella misma también, un mensaje encubierto: «Estoy rota, me rompiste. Mi corazón está roto. Pero nadie se va a dar cuenta, fingiré que estoy entera».

Y sí, si lo pensamos, era una teoría interesante. Ella se fingió entera, pero estaba rota, al igual que los muñecos. Volvió a la casa de sus padres y a su antigua habitación como si nada hubiese sucedido, como si nunca se hubiese casado. Casi como si él no hubiese nunca existido. Pero sí que existía y ella lo odiaba, o tal vez lo amaba tanto todavía que era más fácil pensar que lo odiaba y refugiarse detrás de una máscara. Cada noche, desde su cama de soltera, que se vio convertida en su cama de separada, ella miraba a su alrededor y no lo podía creer. Tanta decepción, tanto amor desperdiciado. Pero a su manera lograba alzarse cada día y continuar con su rutina.

La última vez que lo vio, antes de irse a vivir a otro país, fue poco después de la separación, cuando un día él quiso ir a disculparse con el padre de ella por lo sucedido. Pensaba que era de hombre dar la cara. Para sorpresa de todos, el padre de ella, que era siempre muy directo, le dijo:

—No te preocupes. No es tu culpa, sino mía. No debería haber firmado la autorización para el matrimonio si son dos pendejos ustedes. —Más claro, échale agua.

Ella se volvió a casar y se fue del país por un par de años. Estando en el extranjero, supo que él también se había vuelto a casar (o al menos estaba en pareja) y que esperaba un hijo. La noticia le dolió y mucho, sobre todo porque le habían comentado que muy poco tiempo después de su separación lo habían visto caminando por el barrio de la mano con esta chica.

¿La había engañado entonces? Prefería no pensarlo, porque todo lo referente a él le dolía. Pero le dolía hasta los huesos, hasta el punto de sentirse culpable por sentir tanto dolor teniendo ella un nuevo marido.

Cuando al poco tiempo volvió a su ciudad, ella quedó embarazada y vivió la dicha de ser madre.

Los años fueron pasando, a veces con penas y otras con gloria, a veces sin pena ni gloria. Pasaron de forma normal, digamos.

Él tuvo un segundo hijo y ella también, una niña a la que llamó con la forma femenina del nombre del primer hijo de Roberto. Una amiga se lo hizo notar:

—¿La vas a llamar como el hijo de Roberto?

Pero ella se hizo la desentendida.

—¿Ah, sí? No lo había pensado.

Claro que lo había pensado, pero no podía admitirlo. Era tanto el amor y el odio que había sentido, o que todavía sentía, que se confundían en un solo y extraño sentimiento que, en cierta forma, nunca la dejaba avanzar demasiado.

Los años siguieron pasando y los dos se separaron también de sus segundos matrimonios. Cada tanto se cruzaban por la calle o en el tren, pero sus caminos ya nunca serían los mismos. El orgullo ganó la batalla y cada vez que él manifestaba su arrepentimiento, ella le decía que ahora ya estaba con otro y que era tarde. Lo mismo hacía él cuando la que intentaba un acercamiento era ella.

Muchos años después, ella otra vez se fue a vivir al extranjero (un poco nómada había sido siempre y además le gustaba escaparse de las historias dolorosas) y en uno de esos viajes esporádicos a su ciudad para visitar a la familia decidió sorprenderlo y fue a verlo. La expresión de Roberto fue de sorpresa, pero también de felicidad. Igual ella.

Se fundieron en un abrazo puro e inocente, como había sido su historia de amor. Bastaron pocas palabras y algunas miradas para sanar y seguir cada uno su camino.

Veintisiete años habían pasado desde aquel matrimonio. Veintinueve desde el primer beso. ¡Una vida! Mucha agua pasó bajo el puente. Algunas revueltas y otras no tanto. Las propias aguas de su historia también se calmaron.

Ella hoy lo recuerda y sonríe tranquila.

Ro:

Siempre te dije Ro, no puedo evitarlo a pesar de los años que pasaron. No sé si alguna vez te dije cuánto te amé. No sé tantas cosas a esta altura de mi vida… Ni siquiera si alguna vez te daré esta carta.

No te haces una idea de cuánto me lastimaste. ¿Sabías que siempre te culpé de todos mis fracasos sentimentales? Es que era más fácil culparte que admitir que yo siempre elegía a los hombres equivocados. Pero ya no es así. Tranquilo, ya no te culpo.

Tantas veces imaginé cómo hubiese sido nuestra vida juntos, nuestros hijos…Ah, ¿no te dije? Mi hija menor se llama igual que tu hijo mayor.

Ahora ya estoy bien, pero estuve tan mal, Roberto…, Ro.

Estuve tan mal que muchas veces imaginaba que aquella «yo adolescente» que era tu novia y había sido tu joven esposa existía todavía en un mundo paralelo, y entonces por momentos (sobre todo cuando estaba muy triste) me escapaba a ese otro mundo y fingía que teníamos una vida en común que nunca se había interrumpido.

Y en esos viajes imaginarios, casi astrales, me sentía mejor. La mayoría de las veces lo hacía mirando una foto que me sacaste en nuestro primer viaje juntos, porque en esa foto tengo la sonrisa pura y feliz que hubiese querido no perder nunca. Entonces, mirando fijamente a aquella yo de la foto y cerrando los ojos con fuerza, emprendía mi viaje.

A veces pasaban meses sin viajar; otras, en cambio, necesitaba hacerlo todos los días.

Una vez me pasó algo muy extraño. Estando casada con mi segundo marido y ya siendo madre, te soñé. Soñé que mi marido eras tú. Te veía así, tan claro. Los hijos que tuvimos con otras personas en el sueño eran nuestros hijos y nos veía como a una familia feliz. Me desperté agitada e impresionada. Nunca se lo conté a nadie.

¿Qué demonios hacías siempre vagando por mi mente?

Te odiaba y te amaba. Te amaba y te odiaba. Me costó, pero al fin comprendí que no tenía que culparte de nada. ¡Eras tú también un niño, Roberto! Los dos éramos unos niños e hicimos lo que nos dijeron que era lo correcto: casarnos.

Reflexionando, creo que estuve tan enojada porque no podía concebir que te hubieras atrevido a destruir mi cuento de hadas. Yo estaba convencida de que iba a funcionar y tu actitud me hacía sentir una fracasada.

Si lo pienso, hoy me duele más el hecho de no haberme dado la oportunidad de extrañarte y de sufrir por amor en lugar de hacerlo por rencor.

La verdad es que pasé tanto tiempo sufriendo por mi orgullo herido que ni siquiera tuve tiempo de honrar el amor que te tenía al menos extrañándote.

Fuiste valiente en romper ese matrimonio, fuiste sincero contigo mismo. Me hubiera encantado no sufrir como lo hice, pero hoy por hoy te entiendo. Bueno, creo que te entiendo, ja, ja, ja...

Hoy soy yo quien te escribe, pero también la yo de la otra dimensión. Es ella quien firma la carta.

Gracias por aquel noviazgo feliz.

Buena vida, Ro.

Tu siempre y por siempre ex joven esposa.

EL PADRE QUE NO FUISTE

«Hay veces que una noticia te sacude de tal forma que tu cuerpo reacciona con una calma increíble y hasta liberadora».

Dice un dicho popular que «las mentiras tienen patas cortas». Yo creo que, además de cortas, son fuertes, pesadas y atrevidas. Cuando nos alcanzan, nos patean el orgullo, la inteligencia y el corazón.

Mi historia con Fabio fue *tragibizarra*. No sé si existe esa palabra, pero me la invento. Lo primero que me viene a la mente en este momento son esos intentos de carta que nunca le envié. Qué se yo por qué no se las envié. Quizá solo entendí que no valía la pena.

Intento de carta 1:

Fabio:

Si supieras la bronca que tengo en este momento y ¡unas ganas de mandarte a la mierda! Una vez más, me toca ser la única «mamá sola» de toda la escuela. Pero no te preocupes, que no lo voy a hacer, no voy a mandarte a la mierda ni a insultarte; en cambio, te voy a agradecer.

¿No te lo esperabas? O tal vez sí. Claro, con toda tu arrogancia, a lo mejor sí te esperabas que te agradeciera. Y no te confundas, no te estoy agradeciendo tu donación de semen, sino que gracias a eso tuve al bebé más maravilloso que me podía esperar. Ella era la bebé más buena del mundo. Nunca lloraba, dormía siempre tranquila, era y es preciosa, obediente y dulce.

Hoy es el día de su primera comunión y por eso te escribo. Quiero que sepas todo lo que te estás perdiendo. Pero cada cosa que te pierdes yo la vivo por dos.

Sí, el padre que no fuiste me convirtió en mamá por dos. Tengo el doble de todo: el doble de preocupaciones, por ejemplo, pero también el doble de amor, de besos y abrazos que ella me da y que son solo míos.

Me siento egoísta al decirte que estoy contenta por tu ausencia. Egoísta porque lo ideal para un niño es crecer con ambos padres, y no me gustaría que ella supiera que estoy contenta de que no estés y a veces, y por este mismo motivo, un fuerte sentimiento de culpa se apodera de mí.

¿Debería haberte buscado después de que desaparecieras? No lo sé. Solo te digo que ella no te extraña, y si lo hace no me lo dice nunca. Cuando le quiero contar algo sobre ti, no quiere escuchar y me dice que no le interesa. Y para mí es un alivio. No sabría bien qué decirle.

Te perdiste todo. No tienes la mínima idea de cuántas cosas abarca ese «todo». Sus primeros pasos temblorosos con esos piecitos tan pequeños que casi no le daban estabilidad. Te perdiste…. No, no, no quiero contarte. Si elegiste no estar, entonces no estés. No te necesitamos, ¿sabes?… Ni un poco…

(No, no… Demasiado rencor, ni eso se merece. Vuelvo a empezar).

Intento de carta 2:

Fabio:

Si supieras lo hermosa que es. ¿Cómo pudiste abandonarla? O sea… Nunca un llamado, un mensaje, una carta.

Mira que vivimos en el mismo barrio de siempre. No es que a ella le haga falta amor, porque tiene mucho de mi parte, pero tú eres el padre y además la buscamos, no fue accidental ni casual.

No entiendo. Quisiera, te lo juro, pero no entiendo. No me duele ni me importa por mí, sino por ella. Yo no podría vivir sin su amor, sus sonrisas, sus abrazos, sus ocurrencias. No podría vivir sin ella. ¿Cómo lo haces tú?

Pedazo de mitómano psicopático. Sí, ¡es mejor que no aparezcas más! Qué lástima que «ella» no te partiera la cabeza con aquella cadena...

No, no, no... tampoco...

Intento de carta 3:

Fabio...

Fabio...

¿Sabes qué, Fabio? No tengo nada que decirte, nada.

Esa tarde no había venido mucha gente. Fabio entró en la inmobiliaria donde yo trabajaba y todas pensamos: «Al fin un cliente». Él era amigo de una de las socias. Yo solamente brindaba asesoramiento legal dos veces por semana.

Si pudiéramos distinguir los patrones psicológicos de la gente como por arte de magia, seguramente me hubiera imaginado lo que me esperaba nada más escucharlo contar su historia.

Fabio necesitaba asesoramiento legal porque tenía un hijo preadolescente y la madre del chico, de la que él estaba separado desde hacía años, le exigía (justamente) los alimentos correspondientes. Pero él no se los pasaba con regularidad y ponía como excusa que no sabía qué cantidad era la justa.

Eran finales de los años 90 y la ley de familia ya hacía rato que se ponía exigente en cuestión de alimentos para los hijos menores.

Un poco fue ese el motivo de su consulta, aunque también me contó bastante de aquella historia, en la que lógicamente se puso en un papel de víctima incomprendida y me confesó que el hijo no tenía su apellido y que él se lo quería poner, quería reconocerlo legalmente. Yo estaba contenta de tener delante de mí a un hombre que quería enmendar un error, madurar y ser responsable.

No perdió oportunidad para seducirme y, como no era muy agraciado físicamente, su gran arma de seducción era la palabra. Claro que, como todo gran mentiroso, sabía muy bien cómo «dorar la píldora».

Lo primero que me dijo cuando se sintió en confianza fue:

—¿Quién fue el que te dejó en este estado?

—¿Cómo? ¿Perdón?

—Que quién te dejó en este estado. Estás triste, como decepcionada. No entiendo cómo alguien pudo haberte lastimado.

¡Maldito! Tenía razón. Yo venía de una relación de varios años que no había terminado para nada bien. Y Fabio con esas palabras me había comprado, realmente me creí lo del caballero educado y empático capaz de leer en el interior de corazones lastimados. Qué pobre ingenua, por no decir idiota.

Me invitó a salir y así empezamos. Era muy comprador y parecía de verdad más bueno que el pan. Se metió en el bolsillo a toda mi familia. Me presentó a su hijo y yo le presenté a la mía. Eran muy diferentes. Su hijo era tímido e introvertido; la mía, un verdadero terremoto, pero tratábamos de que compartieran tiempo juntos a pesar de la diferencia de carácter y de edad.

Él nunca concluyó aquel trámite para ponerle su apellido al hijo y yo me creía cada una de sus excusas por las que no lo hacía, y así me fui olvidando del tema.

Pasó el tiempo y llegó la propuesta de ir a vivir juntos. Para mí implicaba una verdadera revolución, porque la idea era alquilar algo entre los dos y dejar las casas en donde cada uno vivía, y ese nuevo alquiler significaba mudarme de barrio, viajar más de una hora cada día para llevar a mi hija a la escuela (si no quería cambiarla a otra, claro, porque ya se sabe que a los chicos no les gusta cambiar de cole y de amiguitos).

Pero cuando uno está enamorado comete locuras e imprudencias que justifica en nombre de Cupido.

Resultó que aquella casa no nos gustaba, ni el barrio tampoco. Decidimos mudarnos nuevamente cerca de la casa de mi madre. En definitiva, en ese barrio yo había crecido y toda mi familia más cercana estaba allí.

Otra vez cajas, camión y olor a pintura nueva. Es verdad que te cansa, pero siempre me gustó mudarme, es como empezar de nuevo, aunque sea dentro de una misma historia. Mientras tanto, habíamos decidido tener un hijo que no llegaba fácil. Un verano, estando de vacaciones, por fin el test me dio positivo y me sentí tan feliz que creía que iba a ser el embarazo más maravilloso del mundo.

Ya de vuelta en casa, noté las cosas un poco raras, pero no sé explicarlo. Simplemente, algo no andaba bien. Yo estaba segura de que me estaba mintiendo, pero no tenía muy claro en qué.

Mientras recuerdo los hechos que relataré a continuación, me vienen un poco de ganas de reír. Tal vez es de nervios, tal vez es una risa irónica y así lo explico: yo decía siempre cuando era niña que quería ser actriz y, bueno, ¡la vida me hizo vivir una historia de película! Lo que tuve que vivir era tan increíble que muchas veces me imaginaba como la protagonista de algún drama barato, de esos que pasan los domingos por la tarde en la televisión local, y de esta forma podía escapar de la realidad y sobrellevar lo que me estaba pasando.

Empecé a tener llamadas misteriosas. Llamaban, pero nadie respondía. Las llamadas eran siempre al teléfono fijo. Yo tenía un móvil, pero lo usaba poco; en aquella época no eran tan comunes y se usaban solamente para las urgencias cuando estabas por la calle. Solo los íntimos conocían ese número. Se lo comenté a Fabio, pero se hizo el desentendido y sorprendido.

Una tarde finalmente respondieron. Era una chica con voz joven y claramente nerviosa. Me llamó por mi nombre y me dijo que era la otra mujer de Fabio y que tenían un hijo.

Yo estaba parada con el tubo del teléfono en la mano. Me toqué la barriga, que ya era bastante voluminosa, y me quedé escuchando calmada. Me asusté de mi propia calma. Hay veces que una noticia te sacude de tal forma que tu cuerpo reacciona con una calma increíble y hasta liberadora.

Me hablaba como enojada conmigo y sabía de mi hija, de mis padres. Sabía todo de mí y era obvio que él se lo había contado. No existían las redes sociales todavía, y cuando alguien sabía todo de otro era porque se lo habían dicho. Ella seguía quejándose y me reclamaba que, mientras que ellos apenas tenían para comer, yo vivía como una reina y blablablá… En ese momento la interrumpí. De pronto reaccioné, dejé de ser una oyente pasiva y empezamos a conversar.

—¿Por qué me hablas tan enojada? Yo soy quien debería estarlo y, sin embargo, estoy calmada y te escucho. Empieza desde el inicio, dime todo. ¿Qué te dijo Fabio?

—Fabio me contó que sigue contigo porque tus padres tienen mucho dinero y él está pasando un mal momento económico. Dice que la casa en donde están viviendo es de tu padre y que si te deja se queda en la calle. Claro, a mi casa no puede venir, no tengo lugar. Yo tengo otros cuatro hijos, el de Fabio es el quinto. Además, cuando yo me quedé embarazada no se lo dije enseguida, porque me enteré de que él ya estaba contigo y yo no sabía qué hacer ni cómo iba a reaccionar, porque nuestra relación era bastante inestable. Dice que tú sabes todo y que no te importa lo de nosotros, pero es que de verdad te lo digo, no tenemos ni para comer. Anoche él cenó con nosotros lo poco que teníamos ¡y nuestro hijo estaba tan contento! Si él es un capricho para ti, te pido por favor que dejes de presionarlo y no lo separes de mí y mi hijo.

Quedé otra vez muda, la situación era irreal. Pero a los pocos minutos volví a reaccionar:

—¿Anoche estuvo allí? ¿Anoche? ¿Tú sabías que yo estoy embarazada?

—¿Cómo?

—Que estoy embarazada. Y ahora escucha tú. Yo no sabía de ti. Una vez me contó que una vecina de su barrio con la que había tenido una historia le estaba diciendo que su último hijo era de él, pero que después lo había desmentido. Mis padres no son ricos; esta casa no es de mi padre, sino alquilada, y la mitad del alquiler la paga Fabio. Anoche llegó un poco tarde, pero no me pareció raro porque es común que se junte con sus amigos una vez por semana y esa fue la explicación que me dio. Por supuesto que yo no sabía de ti ni del niño. ¡Ah! La semana pasada me propuso matrimonio.

En ese momento se creó solamente un gran silencio. No hubo insultos, ni gritos, ni llantos. Creí en todo lo que me dijo, me di cuenta de que era absolutamente sincera. Se notaba con un bajo nivel de instrucción, pero era una persona honesta, hablaba con sentimientos verdaderos.

Ella también me creyó y se quedó muy sorprendida. Cambió su actitud hacia mí, se disculpó por el llamado y hasta me preguntó por mi salud y por cómo estaba llevando el embarazo. Me contó que ella lo había pasado muy mal con el último (el de Fabio). A un cierto punto, sentí pena por ella, no sé por qué, tal vez por no querer sentirla por mí misma.

Empezamos a contarnos cosas y a descubrir cómo nos había mentido todo el tiempo a las dos. Cada cosa que decíamos y recordábamos nos llevaba a hilar alguna de sus mentiras.

¡Duele tanto un engaño tan vil, tan organizado, tan orquestado, tan premeditado, que se siente de verdad como una puñalada!

Ninguna de las dos sabía muy bien qué hacer. Cortamos. Necesitábamos pensar en frío.

Fabio llegó del trabajo más o menos a la hora de siempre. Lo enfrenté sin rodeos. Se puso loco y me negó todo. Yo tuve las reacciones que no había tenido durante la llamada: gritaba, lloraba, pedía explicaciones. En un momento me tomó del brazo y lo colocó detrás de mi espalda, e hizo un movimiento brusco, como amenazando con empujar a mi barriga contra la mesa. Entonces tuve tanto miedo que me calmé.

Él se fue enfadado, negando todo, y no tuve noticias suyas durante días.

Ella volvió a llamar al día siguiente y le conté todo. Se sorprendió un poco y me dijo que por su casa no había ido. Desapareció de nuestras vidas durante una semana más o menos, semana durante la cual ideamos un plan para desenmascararlo. La idea era que cuando me llamase (porque sabíamos que tarde o temprano me iba a llamar) yo lo convenciera con alguna excusa de tomar un taxi para ir a hablar a un bar, fingiendo que le creía y lo quería escuchar. Pero en realidad ese taxi iba a tener como destino la casa de ella, y allí pensábamos enfrentarlo y ponerle fin a toda la farsa.

Dicho y hecho: él me llamó. E increíblemente todo salió según lo esperado, digno de libreto de una película.

Cuando estábamos a punto de llegar a la casa de ella, Fabio se dio cuenta y me dijo:

—¿Qué me estás haciendo? —Y se agarró la cabeza.

¿Que qué le estaba haciendo yo a él? ¡¿Yo a él?!

Llegamos a la puerta de la casa y bajamos del taxi, que era de un vecino con el cual yo viajaba frecuentemente. Ella salió y todos nos quedamos en el jardín de la entrada de la casa. Fabio volvió a decir la misma frase, pero esta vez no era a mí a quien iba dirigida. La miró con cara suplicante y repitió:

—¿Por qué me haces esto?

Yo no soportaba más tanta hipocresía. Le pedí a ella si por favor podía traer al niño, necesitaba verlo. Lo trajo y me quedé impresionada, era igual que él. Entonces dije:

—Por favor, Fabio, no somos nosotras las que estamos haciendo nada, y no estamos jugando. Te trajimos aquí para ver si tienes el coraje ahora de negar todo. ¿Acaso vas a negarme también a tu hijo en su propia cara?

Ella se agachó, aún con el niño en brazos, tomó una gruesa cadena que había escondido detrás de una maceta y, con los ojos llenos de dolor y de furia, amenazó con golpearlo mientras le decía:

—Niégalo. A ver, ¡niégalo!

Me fui corriendo como pude, porque la barriga pesaba. Me subí al taxi y mi vecino, que había visto todo mientras me esperaba, preguntó si me llevaba directamente a mi casa, a lo que respondí:

—Llévame a la clínica, tengo contracciones.

Un santo pobre mi vecino taxista. No solo me llevó, sino que esperó a que llegara mi madre para no dejarme sola.

No puedo describir mis sentimientos de aquel momento porque no los recuerdo. Supongo que no podía creer lo que estaba viviendo y por algún mecanismo autodefensivo decidí bloquear mis emociones.

Me dejaron internada, pero por suerte pudieron frenar las contracciones, ya que hubiese sido un parto demasiado prematuro.

Los dos días que estuve en observación organicé una nueva mudanza. Logré conseguir otra casa muy cerca de la anterior y que la inmobiliaria hiciera una especie de cambio con la casa en la que estábamos viviendo. Me ocupé también de contratar un camión de mudanzas. Mi madre y mi tía me ayudaron, y para cuando salí de la clínica ya estaba la mudanza terminada. Yo no podía volver a la otra casa. No quería hacerlo.

Y aunque siga pareciendo un guion de cine, realmente en dos días organizamos y concretamos todo. Es increíble cómo la gente se vuelve solidaria cuando le pones delante una historia dolorosa, sobre todo si se trata de amor y traición.

Es también increíble la capacidad que tiene el corazón roto para parchearse de a poco. El mío se iba parcheando con cada llanto. Lloré tanto como nunca me hubiera imaginado; mi madre llegó a decirme que se le hacía insoportable verme llorar todo el tiempo. Lloraba con verdadera angustia y también con culpa, porque sentía que le estaba trasmitiendo todo ese dolor a mi bebé y no quería eso. Yo quería trasmitirle la felicidad que me provocaba su llegada, así que como fuera encontraba las fuerzas para seguir.

Fabio consiguió mi nueva dirección y fue a verme. Lo recibí, aunque todos dijeron que estaba loca, pero yo necesitaba sentir por momentos que todo era más o menos normal, que mi hija tenía un padre. Y así se lo manifesté. Le dije que, aunque no tenía intención de seguir mi relación con él, jamás le impediría ser un padre para nuestra hija. Fui juzgada mal por casi toda mi familia, que no entendía mi actitud. Todos querían que no le abriera más la puerta, pero la psicóloga de la clínica (te obligan a hacer terapia en estos casos extremos y de riesgo de embarazo prematuro) me dijo que era normal mi actitud, que necesitaba sentirme como «reivindicada» por la misma persona que tanto me había herido.

Y llegó el día del parto, también digno de película y veinte días antes de la fecha programada. Fue una cesárea y pedí anestesia local. Quería estar despierta y no perderme nada.

Fabio estaba, pero no quise que lo presenciara. Había sido demasiado comprensiva y tolerante todo el tiempo y la verdad es que ese momento tenía que ser solo mío, me lo merecía. Y llegó mi otra niña como un verdadero sol, abriéndome paso en medio de aquella tormenta.

Estuve casi tres días en la clínica, en los que él nos acompañó. Se mostraba arrepentido e incluso la reconoció legalmente y le puso su apellido aun antes de que me dieran el alta médico. Yo sabía que seguía mintiendo en cada cosa, aunque fingí creerle hasta que dejé la clínica y volví a casa; es que quería sentirme como una «mamá normal» mientras estuviera convaleciente.

Una vez en mi casa (mi tercera nueva casa en menos de dos años), le puse las cosas en claro:

—Por favor, firmemos ante un juez un convenio de visitas y alimentos, así nos organizamos. Mientras tanto, podemos acordar los días que quieras venir a verla estas primeras semanas.

Al inicio dijo que sí, pero días después llamó por teléfono muy enfadado, diciendo que, si no lo quería como hombre, para qué quería que fuera un padre, que no era justo que le «prohibiera» (¿?) ver a la niña. Entonces comprendí, por sus incoherencias, que durante esa llamada no estaba solo, y que decía esas cosas para que quien lo acompañaba se creyera todo lo que me estaba diciendo y tomara esa versión como cierta.

No llamó ni vino más. Sabía perfectamente donde encontrarnos si así lo hubiese querido y la verdad es que yo tampoco lo busqué. Siempre fui una mujer independiente que de un hombre no pretendía ni necesitaba dinero, sino solo ser amada y tener un compañero, cosa que, evidentemente, él no era capaz de hacer ni de ser. Fue duro, pero siempre salí adelante trabajando e intentando ser una buena madre.

Doce años después, tuve que localizarlo para que firmara unos documentos y los firmó sin problemas mientras me decía:

—Cualquier cosa que tú quieras te firmo, estoy en deuda, lo sé. —Fue muy raro volver a verlo.

Era un dolor tercerizado el que yo sentía, un dolor que no era mío, sino de y por mi hija, pero lo sentía yo en carne propia.

Mi hija ya es una mujer y ese «dolor tercerizado» todavía me persigue, aunque ella me dice siempre que no me preocupe, que ella ni lo conoció y que no le importa. Incluso cuando era chica decía que cuando cumpliera la mayoría de edad se iba a quitar su apellido paterno, pero nunca lo hizo, y la verdad es que estoy de acuerdo. Es su identidad y, en definitiva, es solo un nombre.

Pero a mí me duele toda esta historia, que es parte de mi historia, de su historia, de nuestra historia.

Sin embargo, y a pesar de todo el dolor, estoy convencida de que él nos dio más con su ausencia que con su presencia. Probablemente Fabio sintió que no tenía nada bueno para aportarnos y alejarse fue su único acto de amor, porque hay veces que aquel que no nos da aparentemente nada nos está dando mucho más que cualquier otro.

SI EL CARTERO HUBIESE TOCADO A LA PUERTA

«*Entró al aeropuerto dispuesta a una súplica encubierta de coraje, que no era más que cobardía disfrazada*».

Una vez, allá lejos y hace tiempo, los mensajes se mandaban en un trozo de papel.

Era uno de esos domingos en los que uno decide poner orden. Ana estaba limpiando y ordenando el garaje de su casa. Más que limpiando, lo estaba metiendo de cabeza, justo cuando llegó su marido. Ella amaba esa casa; allí nació y creció, allí lloró sus desilusiones amorosas y festejó sus primeros triunfos como pintora. Allí vio morir a sus padres (aún jóvenes) y ahora era su hogar conyugal.

El garaje era enorme y con espacio para dos coches, aunque tenían solo uno porque Ana acababa de vender el suyo.

—Querida, ¿qué haces?

—No sé, tenía ganas de un cambio. Pensé que cambiando algunos muebles de lugar, ahora que solo está tu coche, podría poner mis atriles en aquella esquina y crearme un pequeño espacio de trabajo. Es muy grande este lugar y no se aprovecha. ¿Qué opinas?

—Podría ser, pero… Mmm… ¿Estás segura de que si mueves este armario de aquí cabe sobre la otra pared? Mejor tomemos las medidas.

—No hace falta, amor. Nací en esta casa, la conozco como la palma de mi mano. Hace treinta años, cuando yo era tan joven que me cuesta recordarlo —Ana sonrió nostálgica—, mi madre tenía este lugar impecable. Siempre tuvimos un solo coche, por lo que este garaje era también su estudio. Los muebles eran estos mismos, pero no estaban amontonados como al día de hoy, sino muy ordenados y posicionados como los quiero poner ahora.

—Si tú lo dices.

—Te aseguro que el lugar parece el doble de grande y hasta más bonito con los muebles en esa posición.

—¿Y por qué tu madre los movió si tanto le gustaban de esa forma? Ustedes, los artistas, son extraños.

—Sí, es verdad que somos extraños, pero en realidad aquella vez fue culpa de mi padre. Otra de sus locuras egoístas. Compró dos enormes motocicletas averiadas sin ni siquiera consultarlo con mi madre, dijo que las repararía y las vendería por el doble de dinero. Obviamente, nunca lo hizo, pero, autoritario como era, se impuso e hizo su voluntad. Todavía recuerdo la discusión que tuvieron y cómo mi madre se vio obligada a desmantelar su estudio y a amontonar los muebles de una día para otro.

—No exageraban cuando me contaban que tu padre antes de enfermar era un cretino egoísta. Yo lo conocí ya enfermo y cansado.

—Ni un poco exageraban, créeme. No era malo, solo que fue criado en otra época, pero yo sé que nos amaba. Cuando murió fue triste, pero a la vez un alivio para mi pobre madre. Tal vez ahora que ella tampoco está es más por nostalgia que por espacio lo de querer hacer este cambio. En fin. ¿Me ayudas con el armario?

Ana y su marido se pusieron manos a la obra. El armario era más pesado de lo que ella recordaba. Les costó muchísimo moverlo unos pocos centímetros, porque además se había encastrado por un desnivel en el suelo. Al fin, jalando con fuerza y de un tirón, se movió.

Quedó a la vista un viejo sobre amarillento. El primero en verlo fue el marido de Ana. Lo tomó, le sopló al polvo acumulado sobre la superficie y comenzó a reír.

—¡Mira lo que he encontrado! Una vieja carta sin abrir de esas. A ver, déjame ver el sello… ¡Año 1989! ¿Te acuerdas cuando venía el cartero casi a diario por el barrio? ¡Qué épocas! ¿Tito se llamaba? No, no… Lito. Lito era el cartero. Lo recuerdo porque era supersimpático. Mi mamá tenía una amiga en España que le escribía de seguido. Él venía a nuestra casa casi una vez por semana y pasaba los sobres por debajo de la puerta. ¡Qué épocas…!

Seguía repitiendo esa frase mientras agitaba el sobre en su mano. Ana no estaba prestando demasiada atención; estaba concentrada en los muebles, los atriles, los lienzos. Como por compromiso comentó:

—¿Lito? La verdad es que no me acuerdo. Nosotros casi no recibíamos correspondencia, solo impuestos para pagar. Pero ahora que lo dices sí, sí, mi madre alguna vez lo mencionó. Me viene a la memoria un hecho puntual en el que ella se enfadó porque decía que este tal Lito tenía la costumbre de no tocar y de pasar los sobres directamente por debajo de la puerta y…

—¡Que te lo he dicho, Ana, no me escuchas! Pero casi todos los carteros lo hacían así, a menos que la carta fuese certificada. Entonces había que firmar y por fuerza debían tocar a la puerta.

—¿Cómo tienes tanta memoria siempre? Yo no me acuerdo de nada de esas cosas, ni del barrio en aquellos años. En cambio, tú pareces una enciclopedia del pasado, y eso que crecimos a pocos metros de distancia.

—Es que tú no estabas nunca y a mí ni me mirabas en esa época. Te la pasabas con tus amigos artistas, viajando o participando de muestras. Hasta que por fin sentaste cabeza y te diste cuenta de que este galán —dijo tocándose la cara— era quien te haría feliz.

—Sí, sí, claro. Déjate de tonterías y ven a ayudarme, por favor.

—¿No quieres antes saber lo que dice la carta? Está dirigida a ti. Un tal Carlos. ¿Quién es Carlos?

Ana se quedó petrificada. Era como si por arte de magia el mundo se detuviera en ese instante. Así lo sintió. Dejó de escuchar a su marido, dejó de verlo y de ver las cosas a su alrededor. Todo se nubló por un instante, creyó que se desmayaría, estaba mareada y confundida. Su marido la tomó por el brazo, evitando que cayera, y la ayudó a sentarse en una de las viejas sillas del garaje mientras le preguntaba si estaba bien.

—Estoy bien, estoy bien, debe de ser el calor —dijo bebiendo un sorbo de agua de una botella casi vacía—. Seguro que me ha bajado la presión, estoy metida aquí desde muy temprano limpiando y no he comido nada. ¿Me prepararías alguna cosilla para comer, por favor?

Su marido se dirigió hacia la cocina un poco preocupado y sin pensar en el viejo sobre. En cambio, Ana era en lo único en lo que pensaba.

Se relajó sobre la silla mientras miraba todavía incrédula aquel sobre. Un sudor frío recorrió su espalda y una sensación de angustia se apoderó de ella. Su mente superó la velocidad de la luz y viajó hasta finales de los 80, a reencontrarse con Carlos.

Se habían conocido en un taller de dibujo y pintura de la universidad de Bellas Artes, la misma que había frecuentado la madre de Ana y que había abandonado después de casarse porque, según el padre de Ana, era inútil que la mujer estudiase.

Carlos no era de la zona. Apareció un día presentándose como el profesor suplente de la titular, que había pedido licencia por maternidad. Era un tipo absolutamente fascinante. Atractivo, simpático, comprador, atento, elegante y bohemio, claro, como casi todos los artistas.

Lo de Ana fue amor a primera vista. Fue también su primer y más grande amor, de esos que solo se sienten una vez y con la pasión incomparable de los diecinueve años.

Él la miraba todo el tiempo y no era tipo de intimidarse, ni por la diferencia de edad ni por la relación de profesor-alumna. El ciclo de ese año lectivo estaba por terminar y después de las vacaciones volvería la profesora titular. Se sabía que Carlos era solo un suplente de breve período.

Parecía que habían hecho un acuerdo tácito a través de sus miradas y, entre una mirada y otra, llegó la deseada invitación a cenar. Antes de que comenzara el receso de verano ya estaban saliendo juntos.

Ana desapareció un poco del barrio y de su propia casa, ya que pasaba todo el tiempo con Carlos y sus amigos, la gran mayoría pintores y escultores. Ella estaba fascinada con Carlos y con ese grupo de artistas más grandes que ella, y con todo lo que aprendía del arte y de la vida. Muchas veces se quedaba en el piso de Carlos.

Él vivía solo, no tenía familia, solo unos tíos que vivían en el exterior. Y la verdad es que Carlos también tenía la intención de irse, pero nunca fue sincero respecto a esto.

Al inicio no lo hizo, tal vez porque no tomaba la relación con Ana como algo serio, aunque ella por supuesto que sí. Con el correr del tiempo, él se fue enamorando, pero le costaba sincerarse y algo estaba claro: su intención de ir a vivir a Estados Unidos no había cambiado. Sus tíos vivían en Nueva York y tenían muchos contactos en la universidad de Bellas Artes de esta ciudad, por lo que las probabilidades de conseguir el cargo que Carlos añoraba eran muchas.

Titular de cátedra de la universidad de Bellas Artes de Nueva York. La idea lo entusiasmaba demasiado, no iba a renunciar a ella.

Puede comprenderse que al inicio no se lo dijera, pero a medida que la relación crecía y se volvieron cada vez más cómplices y enamorados (o al menos eso parecía) debería habérselo dicho a Ana.

La pobre se enteró de casualidad mucho tiempo después, cuando llevaban más de un año saliendo, y de la forma más absurda. Estaban tomando unas cervezas con el grupo de amigos de Carlos cuando uno de ellos levantó el vaso y dijo:

—Por Carlos, que se nos va a triunfar a Yankilandia.

La cara de Ana cambió y al llegar al piso (ya casi parecían un matrimonio) ella le pidió explicaciones. Él trató de excusarse diciendo que era solo un proyecto y que no se lo había dicho porque estaba esperando novedades más concretas.

Ana lo conocía demasiado bien. Aunque bohemio por su estilo de vida apartado de las convenciones sociales y privilegiando siempre el arte y la cultura, Carlos no era tipo de hacer castillos en el aire, así que algo no le cuadraba.

—Estás jugando conmigo, Carlos. ¿Qué significa nuestra relación para ti? ¿Cómo puedes planear algo así y no decírmelo? No creo que sea solo un proyecto reciente.

Discutieron, había tensión, Ana estaba estafada y decepcionada.

Ella quería terminar su carrera antes de dar cualquier otro paso y lo había dejado muy claro. Carlos quería ese cargo más que ninguna otra cosa. Eran intransigentes, no hubo posibilidad de negociar, y entre orgullos y caprichos se quebró el diálogo esa noche.

Era tarde, pero Ana decidió volver a la casa de sus padres. Estaba muy enfadada como para pasar la noche allí.

Cuando llegó, su madre aún estaba despierta. La vio triste y con ganas de llorar, pero la conocía. Si Ana no contaba algo, era mejor no preguntarle. Fue directamente a su habitación y se quedó dormida llorando.

Al día siguiente se despertó más tranquila. Parece que la almohada fue buena consejera.

Ella realmente amaba a Carlos y quería verlo cumplir sus sueños. Pensó que juntos y dialogando tranquilos encontrarían una solución. Tal vez Carlos podría intentar pedir una prórroga para iniciar en el cargo (en el caso de que se lo otorgasen, claro) y, de no ser posible, seguirían su relación a distancia. Aunque estar lejos no era lo ideal, a ella le faltaba solo un año para terminar la carrera y una vez concluida podría ir al encuentro de su amado. Mientras tanto, prepararía a sus padres para la idea. «Un año pasa rápido», se repetía Ana como convenciéndose de ello.

Y con el optimismo que estas posibilidades le generaron fue a verlo para hablarlo con él.

Pero nada salió como lo esperado. Carlos la recibió frío, distante. Ana no tuvo oportunidad de hablar, ya que él se anticipó. Le mostró el billete aéreo y le dijo simplemente:

—Me voy la semana que viene.

Ana no sabía qué decir. Le preguntó por qué tan rápido y sin posibilidad de otra opción. Le escupió enfadada y en dos minutos todo lo que ella había contemplado como opción y que, contrariamente a lo que estaba ocurriendo, pensaba decirle con una sonrisa amable, segura de que él la abrazaría y le diría algo así como: «Gracias por comprenderme, todo saldrá bien, ya verás. Si tengo que viajar pronto, te esperaré un año y más si es necesario. Te amo». En cambio, sus palabras fueron muy diferentes a las que Ana había creado en su mente.

—Es inútil pretender que podremos seguir a distancia. Es bien sabido que esas cosas no resultan, Anita. Y tú me dejaste claro que quieres terminar la carrera. La verdad es que tú tenías razón: no es algo reciente, sino algo que espero desde hace mucho tiempo. Y no es tan solo un proyecto, sino algo concreto.

—¿Cómo que algo concreto?

—Concreto, Ana. Hace más de un mes que me confirmaron el cargo, solo que no sabía cómo decírtelo. Entonces ¿para qué sostener una fantasía? ¿Para qué dilatar lo inevitable? Mejor definir todo ahora y no cuando yo esté allá.

Algo de razón tenía Carlos, aunque hoy nos cueste imaginar algo así. Antes, sin Skype ni WhatsApp, no era fácil una relación a distancia. Pero ese no es el punto, sino la mentira, la traición, la falta de consideración de él hacia ella.

—¿Cuántas otras mentiras me has dicho, Carlos? ¿Tu amor también es mentira? ¿Qué opción me dejas? Dime.

—Ven conmigo ahora.

—Pareces mi padre. No, gracias. Que para muestra basta un botón y para historias de mujeres que renuncian a sus sueños por hombres egoístas me basta con la de mi madre. Si me hubieras contado tus proyectos, podría haberme organizado de otra forma.

—Pues entonces esto es un adiós. A mí andar mandando cartitas no me va.

—¿Quién eres? O mejor dicho, ¿cuántas caras tienes? ¿Cómo puedes hablarme así?

—Mira, Ana, que quede claro, yo no te estoy dejando. Eres tú la que lo está haciendo al no querer venir.

—Muy bien, si prefieres convencerte de eso, si te hace sentir mejor persona no admitir la verdad, entonces que así sea. Tienes razón, te estoy dejando porque no vales la pena. Eres un pobre manipulador egoísta.

Ana sintió que no había nada más que decir. Contuvo el llanto por orgullo y se fue.

Los días siguientes transcurrieron entre bronca y dolor. Él era verdaderamente un egoísta desconsiderado, pero ella lo amaba tanto que no le importaba, estaba dispuesta a cometer el mismo error que su madre sin pensar en las consecuencias futuras. Solo quería estar con Carlos, y si era necesario para ello abandonar sus estudios, lo haría. Si tenía que disculparse con él por las últimas palabras que le había dicho, también lo haría.

La noche anterior a la partida de Carlos, Ana no había pegado ojo. Averiguó el horario del vuelo y fue al aeropuerto dispuesta a decirle que había cambiado de opinión, que si le daba un par de semanas ella lo alcanzaría en Nueva York.

Entró al aeropuerto dispuesta a una súplica encubierta de coraje, que no era más que cobardía disfrazada. Una cobardía que nacía del miedo al dolor que le provocaría admitir que Carlos le había mentido, regalándole un tiempo que ya tenía fecha de caducidad desde el inicio.

Pero parecía que Ana estaba destinada a no llevar nunca a cabo sus discursos.

Se dirigió directamente a las salidas internacionales. Llegaba con tiempo y estaba segura de que lo vería antes de pasar los controles.

No se equivocó, lo vio, pero no estaba solo. La compañía era muy buena y femenina. Los observó durante unos minutos. Hablaban muy serios y concentrados. Ana intentó no pensar idioteces; se dijo a ella misma que tal vez era alguien que acababa de conocer. Hasta que los vio reír y abrazarse. No quiso ver más. Salió literalmente corriendo de aquella enorme sala.

La gente no la miraba extrañada, sino como a alguien que está a punto de perder un vuelo.

Lo cierto es que ella sintió que acababa de perder mucho más, entre otras cosas la poca dignidad que le quedaba.

Durante el viaje de vuelta a su casa, su mente se inundó de preguntas: ¿cuánto hacía que la engañaba? ¿Quién era esa chica? ¿La pieza de repuesto por si ella no aceptaba ir? ¿O acaso le había propuesto que fuera con él solo porque estaba seguro de que le diría que no? ¿Habían vivido una mentira? ¿Cómo afrontaría ahora este dolor?

Ana era joven, determinada, extremista y de carácter fuerte. Antes de llegar a su casa, ya había decidido no pensar más en ninguna de esas preguntas porque, en definitiva, sabía que no obtendría ninguna respuesta.

Se propuso no contarle a nadie lo que había ocurrido y sostener la versión de que la última vez que lo había visto había sido la noche en la que Carlos le comunicó que se iría. No quería que los demás la compadecieran sabiendo también que era víctima de una infidelidad.

Siguió estudiando en la universidad, por supuesto, pero por un tiempo no participó en los talleres de pintura. Sin embargo, no dejó de pintar; por el contrario, se refugió en sus cuadros bajo la guía amorosa de su madre, que, aunque nunca había cumplido su sueño de ser profesora de arte, tenía un gran talento y a la mejor alumna.

No quiso frecuentar más los mismos bares de artistas a los que iba con Carlos. No quería encontrarse con ninguno de sus conocidos ni amigos, porque no quería saber nada de él.

Pasando más tiempo en la casa, con su madre guiando sus pinceladas, pasaba también más tiempo en el barrio. Le llevó un buen tiempo, pero al final dejó de pensar todos los días en Carlos e hizo espacio en su corazón para acoger a aquel vecino, hoy su marido, que durante años había pasado desapercibido a sus miradas.

Su marido era el hombre que la había acompañado en los momentos más duros de su vida cuando murieron sus padres, sosteniéndola siempre con un amor incondicional y desinteresado. Era quien también había apoyado cada uno de sus proyectos artísticos, haciéndole sentir que estaba orgulloso tanto del éxito como del fracaso. Era el padre de sus hijos y quien había devuelto a su corazón roto la capacidad de volver a amar.

Su marido era… quien le estaba preparando un bocadillo en la cocina. Era hora de dejar de pensar en el pasado y de concentrarse en lo que realmente valía la pena.

Escuchó los pasos de su marido que se acercaban y volvió a mirar el sobre, ya más tranquila. Carlos era solo un viejo recuerdo del pasado, aunque el impacto inicial era lógico e inevitable. Lo que más la intrigaba era pensar en cómo había sido posible que nadie hubiera visto el sobre.

Volvió a mirar la fecha: un par de meses después de la partida de Carlos. ¡Ahora estaba más claro todo! Fue por ese entonces que su padre había comprado aquellas motocicletas que obligaron a su madre a mover y a amontonar los muebles. Evidentemente, cuando Lito, el cartero, pasó el sobre por debajo de la puerta, no tuvo en cuenta que podía ser tragado por algún mueble que antes no estaba posicionado allí. Su madre tenía razón: Lito tenía una mala costumbre, la de no tocar a la puerta. ¿Y si lo hubiera hecho?

Dicen por ahí que es inútil hacerse ese tipo de preguntas, que el «hubiera» no existe.

—En fin. —Suspiró—. Misterio resuelto —se dijo a sí misma mientras sostenía todavía el sobre en la mano.

—¿Todavía no lo has abierto? —dijo su marido, de pie frente a ella con una bandeja—. Ábrelo ya o me voy a poner celoso de ese tal Carlos, aunque hayan pasado treinta años, ja, ja. Ah, mira qué bueno lo que te traje. Había pensado en hacerte un bocadillo, pero ayer comimos pizza y recordé que no quieres tantos carbohidratos, así que te hice unos huevos revueltos con jamón. También traje un termo con café y dos manzanas. Así no estamos yendo y viniendo de la cocina y terminamos de una vez por todas de acomodar estos muebles. ¿Y lo abres ese bendito sobre o no?

—No, amor, el pasado no tiene lugar en el presente. Ya ni me acuerdo de quién era Carlos.

Su marido comprendió inmediatamente.

Ana arrugó apenas el sobre todavía cerrado, que quedó convertido en una irregular esfera de papel, y lo lanzó en un tiro perfecto al cesto de los papeles.

—¡Qué puntería! —dijo su marido mientras tomándola por la cintura la besaba.

Ana se sintió feliz de que esa fuese su realidad. Era una mujer afortunada.

Por la noche, la hija mayor de Ana la estaba ayudando con los últimos detalles en el garaje y, mientras recogía la basura, reconoció en aquel sobre arrugado un viejo sello postal que se veía muy antiguo. Recordó que Antonio, el sereno del centro de reciclaje en el que ella colaboraba como voluntaria, era un aficionado coleccionista de esas cosas y se lo llevó.

—Antonio, mira lo que te traigo hoy, ¡un sello postal del 1989! No quise intentar despegarlo para no arruinarlo. Está algo arrugado, pero entero. Supongo que con paciencia y vapor lo rescatarás ileso.

—Gracias, corazón. Tú siempre tan gentil.

Antonio sonreía como si hubiese encontrado algún viejo tesoro pirata. Puso agua a hervir en el hornillo de su cabina de vigilancia y esperó paciente el vapor. El sello comenzó a despegarse y el sobre a abrirse.

Nueva York, 15 de noviembre de 1989

Ana, Anita, mi amor:

Qué estúpido fui. Aunque yo soy mayor, tú eres la más madura de los dos.

Quiero pedirte perdón y decirte que estoy dispuesto a esperarte.

Te extraño, Ana. Yo sé que estarás pensando que no merezco tu perdón, que soy un egoísta. Pero valora al menos que me trago mi orgullo para escribirte estas líneas.

Hace casi dos meses que estoy aquí y, aunque el trabajo me gusta, la soledad que siento es infinita. Me cuesta encontrar personas que hablen español, así que me paso todo el día hablando inglés y eso tampoco ayuda.

Además, estoy solo, porque mis tíos y primos, aunque viven también en Nueva York, están a más de media hora del piso que nos da la universidad a los profesores.

A la que veo a veces es a mi prima, no sé si alguna vez te la mencioné. De niños éramos como hermanos, perdimos el contacto en la adolescencia cuando sus padres se vinieron a vivir aquí.

Ella está casada con el hijo del rector de la universidad y es gracias a eso por lo que conseguí el trabajo. Es ella quien me ayudó desde el inicio. Incluso, unos días antes de que yo viniese a Nueva York, se apareció de sorpresa en mi casa. Había viajado desde Estados Unidos especialmente para ayudarme con los últimos preparativos. Hizo coincidir su viaje con el mío, dijo que le daba mucho gusto acompañarme y que no llegara solo y perdido a Estados Unidos. Fuimos juntos al aeropuerto y tomamos el mismo vuelo el día que me vine a Nueva York.

Pero no sé por qué te cuento todo esto, que seguro que no te interesa. Solo quiero decirte que he tenido mucho tiempo para pensar en nosotros. Pero pensar seriamente, como, confieso, nunca antes había hecho.

Ana, perdóname. Dame la oportunidad de demostrarte que te amo y que admito haberme comportado como un arrogante egoísta.

Respetaré tu silencio si no me contestas a esta carta. Y lo respetaré dignamente y sin insistencias. Tú tienes razón en estar herida y enfadada. Tal vez yo no merezca tu perdón.

Pero bueno, tenía que intentarlo.

Y si decides que podemos darnos otra oportunidad, puedes escribirme a la dirección del sobre o llamar a las oficinas de la universidad preguntando por mí. Ya sé que es caro, pero pídelo por cobrar. Yo aceptaré la llamada.

Piénsalo, por favor.

Perdón, perdón, perdón.

Carlos

UN CAMIÓN DE LADRILLOS Y UN HUEVO

«Mi hija y él se adoraban. Yo no sé si me enamoré exactamente de él o del amor que entre ellos se tenían».

A mí, sobreviviente. A ti, sobreviviente. A ella, sobre-
viviente. A nosotras, sobrevivientes.

Estábamos en el parque de la casa de su padre, sentados a la sombra de un gran árbol, cuando me miró y me propuso matrimonio. Yo sentí que el corazón se me saltaba del pecho. Estaba tan feliz en ese momento y es tan triste recordarlo ahora que casi no lo puedo creer. Fue tanto el dolor que sentí durante casi todo el tiempo que duró ese matrimonio que me cuesta recordar con una sonrisa los momentos felices. No es que me cueste, directamente no puedo.

Conocí a Aníbal en un chat telefónico. Mi madre me decía que era arriesgado conocer a alguien sin verlo en persona (claro, era algo nuevo en ese momento; no sé si duró mucho tiempo ese sistema, era un intermedio entre las primeras salas de chat y los posteriores y más modernos grupos de encuentros en las redes sociales), pero yo le respondía que igual de arriesgado era ir a bailar y no conocer a quien tenías delante.

Recuerdo que era muy emocionante iniciar la llamada. Inmediatamente escuchabas las registraciones de los candidatos que duraban un minuto, más o menos, y decidías si te interesaba establecer un contacto o seguías de largo para escuchar al próximo. Si decidías establecer contacto había dos opciones: podías dejar registrado tu teléfono y luego la persona te llamaba o podías pedir hablar en ese momento, si es que la persona estaba disponible.

Un día escuché la registración de Aníbal. No me gustó particularmente su voz, pero algo me atrajo, quizá su forma de expresarse.

Después de un par de llamadas, quedamos para vernos cerca del Obelisco. Los dos vivíamos en diferentes barrios del conurbano bonaerense, pero estaba cada uno en una punta diferente de la provincia, así que el microcentro porteño nos pareció un buen punto intermedio. Además, yo le había dicho que siendo bonaerense no tenía ni una foto en el Obelisco y él me la había prometido. Así empezó todo, con un ramo de flores que me llevó y la foto que me sacó en el símbolo máximo de la ciudad de Buenos Aires.

No tardó mucho en decirme que me amaba y que amaba a mi hija y la idea de convertirse en su padre. Le repetía continuamente: «Yo te elijo, yo elijo ser tu padre, y eso tiene más valor que haberte engendrado».

Mi hija y él se adoraban. Yo no sé si me enamoré exactamente de él o del amor que entre ellos se tenían.

Aníbal vivía momentáneamente en la casa de su padre desde que se había separado de la madre de su hija, que era un poco más grande que la mía. Tenía un terreno cerca de allí y soñaba con construir una casa.

Siempre me contaba que había querido hacerlo con su ex, pero que al final las cosas no habían resultado bien, que ella era muy inestable emocionalmente y que se inventaba siempre cosas con tal de hacerlo quedar mal y buscar pelea.

Gloria se llamaba. Yo la conocí muy bien, puedo decir incluso que nos convertimos en amigas.

La conocí un día que pasábamos a buscar a su hija y Aníbal entró en la casa de Gloria a buscarla. A los pocos minutos, él salió todo mojado diciendo que ella le había arrojado un vaso con agua y Gloria detrás gritando, hecha una furia. Yo pensé: «Bueno, bueno, Aníbal tiene razón».

Ella gritaba que él estaba loco, que nadie creía en ella, que nadie la escuchaba. Yo me acerqué con mi hija en brazos, me presenté y le dije que yo sí estaba dispuesta a escucharla. Ella se calmó y empezó a decirme que él siempre la ponía nerviosa diciéndole cosas hirientes, que nunca le daba dinero para la hija de ambos, etc.

Yo traté de tranquilizarla diciéndole que como mamá la entendía, que iba a hablar con él y le iba a hacer comprender que tenía que cumplir con sus obligaciones económicas y que le prometía que las cosas iban a mejorar.

No sé por qué actué así, me salió espontáneo, natural. Y funcionó. A partir de aquel día hice de intermediaria entre los dos y las cosas parecían funcionar de maravilla. Todo lo referente a la hija de ambos lo acordábamos Gloria y yo. Nos llevábamos bien.

Aníbal y yo empezamos a edificar en su terreno y a convertirnos en nómadas, ya que mientras construíamos nos quedábamos un poco en la casa de su padre (cuando no discutían y nos echaba a todos. Discutían mucho porque arrastraban problemas desde hacía años), un poco en mi casa, que estaba bastante lejos, un poco en casa de los amigos.

Se hacía cuesta arriba la construcción por la gran hiperinflación que sufría el país. Después del gobierno de Menem estábamos devastados económicamente, los precios subían dos y hasta tres veces en el día, por lo que era imposible predecir si con el mismo importe de hoy se podrían comprar los mismos materiales mañana.

Yo había dejado mi trabajo, porque yendo y viniendo era imposible mantener una continuidad laboral, así que me puse a trabajar en la pequeña empresa de Aníbal de organización de eventos, que estaba un poco venida a menos y logré remontarla. Los clientes confiaban en nosotros, empezamos a trabajar muy bien, pero la inflación no nos quitaba la soga del cuello.

Su propuesta de matrimonio la acepté, pero siempre lo postergábamos porque la casa nunca se terminaba y queríamos que por lo menos estuviera habitable antes de la boda.

Un día tuvimos que comprar un camión de ladrillos porque los albañiles estaban ya esperando para proseguir con las paredes y si no llevábamos los ladrillos se perdía el día, incluso lo que ya les habíamos pagado por la mano de obra. Fuimos a comprar y todo había aumentado al doble. Nos gastamos todo lo que teníamos con tal de no perder el día de trabajo de los obreros.

Cuando terminó el día laboral, nos dimos cuenta de que se había hecho tardísimo. Era imposible volver a mi casa, ya que al otro día debíamos otra vez recibir y supervisar muy temprano a los trabajadores; imposible también ir a la casa de su padre, porque era uno de esos períodos en los que no nos dejaba entrar y el único amigo que nos podía recibir estaba fuera de la ciudad. Dimos vueltas por ahí en la camioneta hasta que pudimos ubicar a este amigo por teléfono. Nos dijo muy amablemente que podíamos ir a pasar la noche a la casa de su madre, que estaba deshabitada desde hacía un tiempo, y que solo debíamos pasar a recoger las llaves por la casa del vecino.

Advertimos que no habíamos comido casi nada en todo el día. No nos preocupábamos por nosotros, sino por mi hija. De camino a la casa de la madre de su amigo, paramos en un pequeño almacén de alimentos de esos que abren hasta tarde por la noche, pero no teníamos dinero. Aníbal bajó y volvió con algo en la mano: un huevo. Juntando dos moneditas había podido comprar un huevo. ¡Los ahorros de la semana se habían ido en un camión de ladrillos y un huevo!

Es frustrante sentir que, aunque te esfuerces, no logras el objetivo porque la inflación te carcome los bolsillos. Pero los argentinos estamos acostumbrados a esa sensación. Yo me repetía que valía la pena, que por fin íbamos a tener nuestra casa y que todo ese sacrificio era necesario.

Llegamos a la casa donde íbamos a pasar la noche. Nos sentíamos como delincuentes hurgando en una cocina ajena que ni siquiera conocíamos. No había nada de nada para comer porque hacía un tiempo que nadie vivía allí. Yo cociné el huevo para mi niña, que estaba tan cansada que se lo comió y se durmió enseguida. Nosotros encontramos un café instantáneo un poco húmedo, pero lo hicimos y lo bebimos. A mí me pareció riquísimo. Por un leve momento me sentí afortunada, después de todo. No se había perdido el día de trabajo en la obra, ya que pudimos llevar los ladrillos, y por lo menos un huevito mi hija había cenado. «Mañana será otro día», me dije, y nos dormimos en una gran cama extraña y fría.

La anécdota de aquel día se hizo carne en nosotros y leyenda entre los conocidos. Era muy duro siempre, aunque ese día fue el peor. La plata nunca alcanzaba para todo. Entre la construcción y la inflación que no paraba, se hacía casi imposible terminar la casa, sobre todo porque se hacía insostenible ir y venir todo el tiempo desde su barrio, donde estábamos construyendo, y el mío, donde teníamos un techo seguro.

Decidimos terminar con lo mínimo indispensable como para que la casa fuese habitable y casarnos.

Los meses previos a la boda él estaba muy nervioso, se alteraba fácilmente y me trataba mal. Yo se lo atribuía todo a la presión que estábamos pasando, por lo que todo el tiempo me repetía a mí misma que un tipo capaz de contar las últimas moneditas para comprar un huevo como cena para mi hija se merecía toda mi paciencia. Pero a veces hacía cosas que me asustaban y me desconcertaban.

Una vez estábamos limpiando una parte ya terminada de la casa, la que sería después nuestra habitación. Yo entré e hice un comentario, ya ni recuerdo de qué cosa, algo tonto y sin importancia, pero que Aníbal se tomó a mal. Él estaba con la escoba en la mano y barriendo con fuerza se acercó a mí y empezó a decirme con un tono agresivo y con los dientes apretados:

—Andate de acá, andate de acá, andate de acá.

Lo repetía sin parar alzando el tono de voz, por lo que le pregunté qué le pasaba y, ya gritando y barriendo con más fuerzas, me dijo:

—¡Que te vayas! —Y empezó a empujarme con la escoba como barriéndome a mí también.

Fue la primera vez que me maltrató.

Yo estaba desconcertada, me puse a llorar. Le preguntaba qué le pasaba sin obtener ninguna respuesta. Él me ignoró hasta que terminó de barrer. Después se subió a la camioneta y estaba dispuesto a irse sin mí, como si yo no existiera.

Yo tomé a la niña en brazos y subí. Durante los minutos que duró el viaje hasta la casa de su amigo, donde pasaríamos la noche, él me insultó entre dientes con frases como: «Siempre me hacés lo mismo. ¿Cuándo vas a aprender, estúpida?».

Recuerdo que tuve la sensación de que no me estuviese hablando a mí. De lo contrario, ¿por qué decir la frase «siempre me hacés lo mismo»? ¿Qué le había hecho?

Todavía recuerdo mi desconcierto y se me pone la piel de gallina, porque yo me di cuenta de que estaba enfermo, no era normal lo que estaba haciendo. Me di cuenta y no lo quise ver.

Ese tipo de escenas se repetían con frecuencia y yo estaba como anestesiada, no sé explicarlo.

Llegó el día de la boda y la inauguración de la casa. Gracias a todos los conocidos y personas que trabajaban con nosotros en la empresa de organización de eventos, pudimos hacer una fiesta con la familia y los amigos en el gran parque de nuestra casa. El parque era, en ese momento, la parte más bonita de toda la casa, que aún estaba a medio construir. Fue un día hermoso, el clima nos acompañó templado y agradable hasta la noche.

Cuando se fueron los últimos invitados, por fin nos dormimos supercansados. Estaba también la hija de Aníbal. A ella siempre le costaba dormirse, lloraba un poco diciendo que extrañaba a su mamá, que no le gustaba dormir en nuestra casa. Pero yo la consolaba y se le pasaba. Esa escena se había convertido casi en un ritual, así que a mí ya ni me molestaba. Incluso Gloria sabía que esto sucedía y me agradecía que yo tuviese tanta paciencia.

Con el paso del tiempo los maltratos empeoraron. Eran casi siempre verbales, aunque a veces se acompañaban de empujones o bruscas aferradas por el brazo. Recuerdo una vez que él quería que yo me fuera de nuestra habitación, así porque sí, sin motivo, y como yo me negué, tomó el desodorante de ambiente en aerosol y empezó a rociarme mientras decía:

—No soporto ni tu olor.

Me aferró por el brazo y llegó a arrastrarme por el suelo para obligarme a ir de una habitación a otra.

Estos maltratos ocurrían por períodos a los que yo empecé a denominar «la semana buena» y «la semana mala».

No sé por qué la gente tiene la idea de que «maltrato» significa solamente que te maten a trompadas. ¡Las palabras duelen y cómo! ¡Los empujones duelen! ¡Las aferradas dejan moretones! Sobre todo en el alma. Los abusos de poder humillan y desintegran nuestra autoestima.

Cualquier cosa que yo dijese o hiciese y que él interpretase mal o que no estuviera de acuerdo ya era un desencadenante para insultarme o irse de la casa y cerrar todo con llave, llevándose también mis llaves, por lo que yo me quedaba encerrada sin poder salir. O lo que era peor, me empujaba afuera (más de una vez con la niña en brazos) y no me dejaba entrar hasta pasadas unas horas.

Cuando esto ocurría, yo disimulaba para que mi hija no se diera cuenta de la situación. Lo tomaba como si fuese algo natural y me iba a tomar unos mates a la casa de una vecina, que más o menos estaba al tanto de la situación, pero como lo conocía desde niño y lo apreciaba, trataba siempre de justificarlo.

Igualmente, yo del tema hablaba muy poco. Me autoconvencía de que no estaba ocurriendo y de que no era tan grave, pero en el fondo sabía que sí lo era, y sabía perfectamente que me había visto envuelta en una telaraña sin saber cómo salir, solo por vergüenza y por miedo a reconocer que me había equivocado frente a mis amigos y familiares.

Cuando pasaban unas horas y me imaginaba que él se había calmado y me abriría la puerta, yo volvía a casa como si nada. Todo esto me ocasionó una fobia por las llaves. En mi casa no permito que nadie cierre las puertas. A veces me molesta incluso cerrar con llave la puerta principal.

Me empecé a sentir muy mal, cada vez peor, y decidí ir a consultar a una psicóloga, iniciar una terapia para sentirme mejor anímicamente y pensar con más claridad. Recuerdo como si fuese hoy el primer día de la consulta. Entré y, después de las respectivas presentaciones, le dije:

—Vengo para que me enseñes a vivir con un loco. Yo sé que está loco, pero no puedo separarme y admitir que fracasé frente a todo el mundo. Dejé mi trabajo y mi casa. No tengo nada. ¿Qué hago si me voy? Necesito que me enseñes a vivir con un loco.

La psicóloga me miró sorprendida y me dijo:

—Bueno, bueno, no creo que sea lo más conveniente. Ya veremos…

Con el correr de la terapia, la psicóloga llegó a la conclusión de que quien necesitaba un tratamiento era él, obviamente. Me fue dando herramientas para que yo anticipase sus reacciones y las evitase o, al menos, no las empeorase.

Puedo asegurar que es agotador vivir todo el tiempo pendiente de qué hacer o no hacer o qué decir o no decir para que el otro no se enfade o no se enfurezca. Es como vivir fingiendo y presionado las veinticuatro horas del día. Es desgastante.

Después de unos meses, logramos convencerlo para que fuese a una de las sesiones con la excusa de que me tenía que acompañar (claro, según él, era yo la inestable. Lo mismo decía de su ex. Pobre Gloria. Ella tenía razón, no él).

Aníbal llegó a la sesión con un aire seguro y arrogante, diciendo de todo de mí y lo loca que estaba, sin darse cuenta de que se hundía con sus propias palabras incoherentes. La psicóloga trató de razonar con él, le dijo que sería bueno si también iniciaba una terapia y le dio el teléfono de una colega.

Cuando llegamos a casa, me dijo que no pensaba ir, porque seguro que yo ya había hablado con todos y los había convencido de que él era un monstruo. Le rogué que por favor fuera. Si no quería ir con esa, entonces que buscase una él, una que yo no conociera. Sorpresivamente lo hizo, dijo que era para mostrarme su buena voluntad.

Lamentablemente no sirvió de mucho, no tenía continuidad. Cambiaba constantemente de terapeuta y cuando lo derivaban a un psiquiatra dejaba de ir o cambiaba otra vez y siempre decía que seguro que yo había hablado por teléfono con ellos y los había convencido de que él estaba loco.

En aquel período en Argentina era muy conocido el caso de un odontólogo que había asesinado a toda la familia (mujer, dos hijas y la suegra), de apellido Barreda. El crimen había sido cometido en 1992, pero a fines del 95 lo condenaron a cadena perpetua y era siempre noticia. Aníbal había tomado por costumbre, cuando le agarraba «la semana mala», pasearse con una cuchilla en la mano por toda la casa y en algún momento acercarse a mí y en voz baja decirme murmurándome al oído:

—Mi héroe es Barreda.

O frente a las niñas decía frases como:

—Qué bueno que es Barreda, yo voy a hacer como Barreda.

Ellas no lo entendían porque eran pequeñas, y yo hacía como que no escuchaba. La psicóloga me había enseñado a no responder para no provocarlo.

La situación estaba empeorando, incluso había empezado a beber en exceso, cosa que era muy rara, porque no era tipo de emborracharse.

Una de esas tardes de mates con mi vecina (de esas cuando él no me dejaba entrar a nuestra casa), ella tenía ganas de hablar, quizá como expiando una culpa secreta…

—¿Te contó Aníbal que de chico la mamá lo maltrataba?

—Sí, a veces habla de eso y de cómo al final la mamá desapareció y no supieron nada más de ella.

—Bueno… En realidad no fue tan así. Pobre mujer. Yo creo que eran ellos, me refiero a Aníbal, su papá y hermanos, los que la maltrataban a ella. ¿Sabes? Muchas veces ella vino a pedir ayuda. Recuerdo una vez, por ejemplo, que la encerraron en el galpón del fondo de la casa. Y otra cosa… No es verdad que desapareció. Murió sola y abandonada en una especie de asilo para personas sin hogar.

Esa historia no dejaba de rondar por mi cabeza y quise indagar varias veces haciéndole preguntas a Aníbal, pero se ponía como loco y yo por temor interrumpía el interrogatorio, como él lo llamaba.

El pasado nos persigue y nos condena, dicen. También desentraña misterios y yo tenía la esperanza de que su pasado me ayudase a desenredar mi telaraña antes de ser devorada como una ingenua y pobre mosca.

Movida por aquella ilusión de novata detective y casi convencida de que saber la verdad sobre su madre me ayudaría de alguna forma, me dirigí al lugar que me había referido mi vecina. Al llegar me encontré con una estructura enorme con muchos árboles y, aunque estaba nerviosa y el corazón me latía fuerte a cada paso, sentí una sensación de paz. El lugar era agradable.

Una vez allí, corroboré la versión de mi vecina. La mamá de Aníbal había vivido sus últimos días en ese lugar. Una de las voluntarias la recordaba muy bien y también la directora, que era todavía la misma de entonces y que, muy conmovida por mi historia, no tuvo inconvenientes en hablar de algunas cosas.

—La señora ya no está y merece un poco de justicia, al menos en tu recuerdo. No creo estar violando ninguna privacidad —me dijo casi contenta, como si hubiese estado esperando que alguien fuese a preguntar alguna vez.

Me contó que la mamá de Anibal era una señora amable y que solía cuidar a los hijos y nietos de otras mujeres allí refugiadas porque le encantaban los niños. Recordaba también que había llegado a ese lugar desesperada, malnutrida y descuidada, diciendo que su familia la había echado de la casa. Casi nunca nadie la visitaba. Murió de un ataque al corazón, pidiendo por Aníbal mientras derramaba sus últimas lágrimas y desplomándose sobre la mesa a la hora del almuerzo.

Volví a casa espantada y no me atreví a decirle a nadie lo que había averiguado. Solo se lo conté a mi psicóloga. Supe que tenía que hacer algo, yo no quería terminar así, pero de alguna forma estaba como paralizada por el miedo.

De tanto cambiar y cambiar de terapeuta, al final Aníbal dio con uno que le gustaba, qué sé yo por qué. Un psiquiatra del interior del país, divino el tipo. Me citaba cada tanto a mí también para darme un informe de la terapia y me daba la oportunidad de hablar. Me explicó que Aníbal tenía un trastorno psiquiátrico denominado «trastorno de la personalidad narcisista», que se desencadena por traumas de la niñez y la adolescencia y va empeorando progresivamente, siendo en los hombres generalmente *la mujer* la figura en la que descargan su ira y frustraciones, así como él lo había hecho con su madre primero, después con su ex y ahora conmigo. Incluso me dijo que si yo me iba alguna vez de su lado y él no formaba nueva pareja, las próximas víctimas serían las niñas, quienes hasta el momento eran todo lo contrario, eran figuras de adoración para él.

También me dijo que este tipo de trastornos requieren de terapias continuas, permanentes, que no se logra una mejoría al cien por ciento, pero con sesiones constantes y medicación para el control de los impulsos se logra estabilizar bastante el carácter.

A mí me quedaba muy clara la situación, el problema es que a él no. Faltaba a las terapias, no tomaba los medicamentos y se excedía cada vez más con el alcohol.

Llevábamos ya como cinco o seis años casados y un día su hija, ya no tan pequeña, pero aún con la misma costumbre de llorar a la hora de dormir, montó un berrinche como los de siempre y él se enfureció. La tomó bruscamente por el brazo, la llevó al baño, la desnudó y la metió bajo la ducha helada.

Yo fui corriendo y se la quité de las manos, la envolví en un toallón y la consolé hasta que se durmió. Cuando lo enfrenté, me dijo muy tranquilo que yo era una exagerada y que su hija ya lo tenía harto con sus llantos. Según él, solo le había dado una ducha para calmarla… Intenté explicarle que arrastrarla del brazo hasta el baño y desnudarla por la fuerza mientras ella lloraba a gritos era una agresión, y que meterla de prepo bajo el agua helada no era «una ducha». Pero fue inútil. No entendía o no quería entender.

Tenía como una fijación por el agua. Muchas veces sus agresiones se vinculaban con mojar de alguna manera.

Una de las noches más horribles fue una poco antes de separarnos (llevábamos como ocho años de casados) en la que habíamos vuelto de uno de los eventos que organizábamos por trabajo.

Él había bebido mucho, me insultó durante todo el viaje de regreso a casa. Cuando entramos tiró una mesa que había en la cocina y cayó al piso todo el material de trabajo que se encontraba sobre ella. Yo ni reaccioné, siguiendo los consejos de la psicóloga de «apartarme de la situación y esperar a que se le pasara». Fui al baño y me desvestí, porque luego quería ducharme, y mientras tanto lo escuchaba gritar y reclamarme una reacción, porque él quería que yo reaccionase o le respondiese. Fue entonces, antes de que me metiese a la ducha, cuando entró Aníbal con un balde lleno de agua helada y me lo vació íntegro de cabeza a pies.

Recuerdo la impresión de ese momento, la sensación de no poder respirar, el frío, la humillación.

Y así como estaba, desnuda y mojada, me tomó del brazo mientras que me decía:

—Así que ahora no hablás. ¿No vas a hablar? ¿No vas a responderme ni a reaccionar? Vamos a ver si te tiro así a la calle si no vas a hablar. A baldazos de agua te voy a tirar a la calle.

Empezó a llenar otro balde de agua mientras yo pensaba que lo más fácil era salir a la calle a pedir ayuda, pero estaba desnuda y mojada y la vergüenza me paralizó. Entonces vi sus equipos de electrónica, esos equipos que él amaba más que a su vida, y solo atiné a meterme entre ellos y quedarme allí quietita. Él se acercó y se detuvo insultándome.

—Hija de puta, salí de ahí, así puedo correrte a baldazos.

Allí estaba protegida, él no iba a mojar sus equipos, no iba a agredirme tampoco cerca de ellos porque podían romperse. Así que me quedé muerta de frío esperando que se calmase. En realidad no sabía qué hacer, solo esperar.

En un momento en el que él se distrajo fui corriendo al baño, me puse una bata y fue ahí cuando llegó, como enviada del cielo, la señora que cuidaba a mi hija cuando íbamos a algún evento. A veces la señora dormía en nuestra casa y a veces iba mi hija a la casa de ella. Esa noche mi hija estaba en su casa y justo en ese momento la estaba regresando, sin saber que tal vez me había salvado la vida. La verdad es que yo ni me acordaba a qué hora tenía que traerla y ni me había dado cuenta del tiempo que había transcurrido.

No sé por qué dejé pasar tantos años, no sé por qué permití esas cosas ni llegar a ese punto de deterioro, flaca, demacrada, triste y frustrada, sintiéndome una nulidad. Tenía tanto miedo, tanto tanto, que a veces pensaba que era yo la equivocada, que si me separaba dejaba a mi hija sin el único padre que la «había elegido».

Me culpé durante años por toda esta historia que todavía hoy me atormenta, aunque ya no me culpo. Creo que hice lo que pude como pude.

Después de aquel baldazo de agua, en el que no solo cayó agua sobre mi cabeza, sino también todos los años de maltratos sufridos, tanto mi psicóloga como el psiquiatra de él me dijeron que tenía que separarme, que Aníbal era una bomba de tiempo, que estaba fuera de control y que no había mucho más por hacer si él mismo no se dejaba ayudar.

Tomé fuerzas y coraje y le dije que me quería divorciar. Primero se enfureció y después entró en depresión y se fue a lo de su padre, diciendo que me dejaba la casa. Yo sabía que era una reacción momentánea por «la semana buena», pero mientras tanto acepté para tener tiempo y pensar qué hacer.

Yo tenía razón. Cuando pasó la semana buena, vino la mala, y se apareció cada madrugada a las tres de la mañana gritando por las ventanas y golpeando los vidrios, reclamando ver a mi hija hasta despertarla, para después decirle a través de la ventana:

—Tu mamá es una mala persona, no me deja verte. Abrime la puerta, yo quiero verte.

Repito: a las tres de la mañana.

Un verdadero calvario y nuevamente una telaraña en la que no quería quedar atrapada por segunda vez. Tenía que irme de la casa y del barrio.

Afortunadamente, hacía ya como un año que trabajaba medio tiempo en unas oficinas en el centro y pude alquilar un pequeño, pero muy bonito, departamento cerca de mi trabajo. Me fui prácticamente con lo puesto y no me importó. Lo material puede recuperarse, la vida no.

Gran parte de la pesadilla terminó con la mudanza, pero no todo. Quedaba algo muy importante: el dolor de mi hija.

Él no quiso volver a verla, simplemente desapareció de nuestras vidas sin una explicación para ella. Muchos llantos consolé y pocas respuestas tuve a las preguntas lógicas de una niña que seguía preguntándome una y otra vez: «¿Por qué mi papá no viene a verme?».

Un padre que era y no era. La crio, pero no la engendró. La eligió, pero nunca la adoptó legalmente.

Por un tiempo le envié emails suplicándole que viniera a ver a mi hija, pero dejé de hacerlo por consejo de mi psicóloga, que me explicó que podría ser contraproducente insistir. Si quería verla, veríamos cómo manejar la situación lo mejor posible, pero si no quería, en cierta forma era lo mejor. Mi psicóloga temía que Aníbal, en su afán por herirme y si yo seguía insistiendo, nunca vendría. Porque decepcionando y lastimando a mi hija, me hería a mí.

Temía también por la seguridad de mi hija. Me dijo que él era capaz de hacerle daño con tal de verme sufrir a mí.

Jamás vino a verla.

Yo sé que hay un dolor que mi hija lleva por dentro, pero no puedo explicarlo, solo ella podría. No sería correcto suponerlo y por eso no me explayo al respecto. Es que, después de tantos años, todavía no sé lo que piensa o siente mi hija.

Ella decidió guardarse estos sentimientos y tiene su propia procesión que va por dentro, y yo oscilo entre la culpa y el dolor de todo lo sucedido y, aunque continuamente me repito que ya no me culpo, la verdad es que sí lo hago.

Nunca más lo vimos, ni a nadie de su entorno. Ni siquiera a Gloria ni a su hija.

Yo intenté al inicio comunicarme, pero Gloria nunca me respondió. Aunque no comprendí por qué, respeté su decisión y no insistí (reconozco que era también más cómodo para mí).

Los años pasan y los chicos crecen. A veces también las heridas crecen, o se transforman, o se regeneran, o se curan, o todo eso junto.

Me enteré hace poco de que mi hija y la hija de Gloria se reencontraron en las redes sociales y que mantienen el contacto. Mi hija me lo contó tímidamente; quizá pensó que lo reprobaría, pero no, al contrario, me puse contenta, le mandé saludos y me emocioné hasta las lágrimas cuando también me mandó saludos y dijo que me recordaba siempre como a una segunda mamá.

Yo no sé si mi hija alguna vez contactó con Aníbal y tampoco lo pregunto. No quiero saberlo, porque no sé cómo reaccionar a ninguna de las posibilidades que podrían ser: si sí lo contactó, si no lo contactó, si lo contactó para reprocharle cosas, para hacerle preguntas… Y lo peor de todo sería si lo contactó para perdonarlo, porque yo, que soy una convencida precursora del perdón como sanación personal, creo que a Aníbal es a la única persona en este mundo que no puedo perdonar. No es el dolor que me provocó directamente a mí lo que no le perdono, sino el dolor que me provocó al provocarle dolor a mi hija. Ese vale doble y penetra en los huesos.

Te escribo porque estoy cumpliendo una tarea que la psicóloga me dio hoy en la sesión de terapia: escribir una carta y desahogar nuestros sentimientos para liberarnos del rencor. Perdonar como sanación personal.

¿Y sabés qué? No puedo, no soy capaz. No soy mínimamente capaz de perdonarte. Odio a la persona en la que me convierto cuando pienso en vos.

Pero no creas que ganaste, Aníbal. Al inicio puede ser, porque habías sembrado en mí una especie de odio del que no podía liberarme. Te juro que lo intentaba, pero no podía, así que me rendía y te dejaba la partida.

No tenía fuerzas para luchar contra este rencor, era más fácil cada tanto dejarlo fluir.

Antes solo esperaba que algún día sufrieras, no me interesaba el motivo, pero quería que sufrieras. Ahora ya no me interesa.

Antes me acuerdo que pensaba que, si hubiera creído en las posesiones demoníacas, hubiese estado convencida de que tenías una y hubiera sentido compasión.

Con el tiempo comprendí que guardar ese rencor solo me dañaba a mí, así que lo fui soltando. Me despojé de cada sentimiento negativo. Me liberé. Y por eso te repito: no ganaste.

Pero, perdonarte… no. Eso ya es mucho.

Lo siento, fracasé en esta consigna. Yo, siempre tan buena alumna, esta vez no puedo cumplir la tarea asignada.

No te perdono, Aníbal, sobre todo el dolor que le provocaste a mi hija. No, no te perdono, Aníbal.

Justo yo, que creo absolutamente en el perdón, con vos no puedo. Me transformaste en esta doble persona y con ello cargo.

Lo asumo. Soy una para el resto del mundo y otra para todo lo que a vos respecta.

Heriste a mi hija con tu injusto abandono solo para castigarme a mí, sabías que era de la única forma en la que podías seguir lastimándome y lo lograste.

Lo acepto como pagando parte de una culpa que, aunque quisiera no sentir, aún siento para con ella. Una culpa que cargo en mi alma cuan terrible peso que a veces me oprime y me impide respirar.

Dice mi psicóloga que si te perdono esa opresión desaparecería, pero qué sabe ella si ni siquiera tiene una hija.

No te perdono, Aníbal, no. Ojalá pudiera y lo digo por mí, no por vos. Ojalá un día pueda perdonarte.

Firma: la mitad de mí que no logra recuperarse.

Epílogo

Amar implica riesgos que debemos aceptar, porque no siempre nuestro amor es correspondido, o lo es, pero de la forma equivocada.

Amar a veces duele, cuando no debería ser así.

Amar es complicado, porque el ser humano lo es.

Amar es una aventura.

Pero por sobre todo, amar es inevitable. Nadie puede vivir sin amar.

Si somos afortunados, podremos gozar de amores sanos y constructivos, sin pasar por amargas experiencias. De lo contrario, debemos aprender a superarlas y seguir adelante. Y créanme, siempre vale la pena.

Las protagonistas de estas historias son mujeres comunes, madres, hijas, hermanas y amigas de alguien común. Podrían ser muchas personas diferentes o solamente una. Sus historias podrían ser las historias de tantas mujeres. Sin embargo, son mujeres extraordinarias porque han sobrevivido airosas a sus amores turbulentos. Me consta.

Y lo han hecho, aun cuando creían que no sería posible, gracias a su fuerza de voluntad y principalmente gracias a que siguieron creyendo en el amor.

Hay quienes dicen que algunas de ellas han sobrevivido a la maldad.

Una vez mi hija mayor me dijo una frase que se me quedó grabada: «Me gusta creer que nadie tiene maldad, sino que algunas personas viven en un círculo de dolor infinito que no pueden superar y oscurecen a todos los que los rodean».

A mí me gusta creer que mi hija tiene razón, y tal vez estas mujeres también lo creían, por lo que, en empatía con la maldad de sus verdugos, fueron capaces de seguir adelante, decidiendo superar ese círculo de dolor y transformarlo en renovado amor y, de esta forma, no oscurecer ni sus propias vidas ni las de otros, sino iluminarlas.

Hoy viven un presente más sereno y contenido. Sonríen más seguido y aprendieron a no dar nada por descontando. Y solo a veces, cuando se dejan llevar por los recuerdos y no logran volver a tiempo de algún viaje en el tiempo, es ahí que, cuan triste tango arrabalero, se les escapa un lagrimón.

Sobre la autora

Karina Alejandra Colopera, nacida en Lomas de Zamora (Buenos Aires, Argentina) el 9 de diciembre de 1968. Descendiente de italianos y alemanes. Abogada recibida en la UNLZ (Universidad Nacional de Lomas de Zamora) con quince años de ejercicio de la profesión en Buenos Aires hasta 2012, año en que decide mudarse definitivamente a Milán (Italia). Docente y examinadora de ELE (Español como Lengua Extranjera), ha realizado diversos cursos de capacitación en Milán, carrera que actualmente ejerce con pasión. Entre tantas aficiones, ha estudiado fotografía y ha trabajado como fotógrafa de eventos durante ocho años en Buenos Aires.

Siempre apasionada de la lectura y de la escritura, participaba en los concursos literarios que organizaba su escuela e incluso a los catorce años registró una novela corta, pero nunca la publicó. Escribir es su modo de expresar sus más profundos sentimientos y le ha ayudado a superar las adversidades que la vida le ha presentado. Ella misma se define como una eterna caminante, ya que ha vivido en muchos lugares diferentes, siempre en busca de nuevas oportunidades y aventuras junto a sus dos hijas como fieles compañeras de ruta. Actualmente reside e imparte clases de ELE en Milán. *De amores, pasiones y traiciones* es su segunda obra publicada tras *Sin reproches* (ExLibric, 2021).

9 788419 269034